毒抜き→激マズじゃないと
食べられない異世界で
お料理担当ですかっ!?

鷹守諫也

この作品はフィクションです。
実在の人物・団体・事件などに
一切関係ありません。

毒抜き→激マズじゃないと
食べられない異世界で
お料理担当ですかっ⁉

contents

プロローグ …… 7

第一話◆異世界はおいしくない。…… 9

第二話◆美食王の呪い …… 65

第三話◆肉食王子の襲来 …… 171

第四話◆食卓騎士団、名誉総長……ですかっ⁉ …… 213

エピローグ …… 267

毒抜き→激マズじゃないと
食べられない異世界で
お料理担当ですかっ!?

プロローグ

帰宅途中の駅。発車ベルが鳴り響くなか、鳴沢亜希《なるさわあき》はのろのろと駅の階段を降りていた。

疲れすぎて走る余力も気力もなく。

（次でいいや。終電まだだし……）

そんなことを考えた瞬間。猛ダッシュで駆け下りてきた誰かが肩にぶつかる。

ぐらりと身体が揺れた。

「あっ？」

動揺した声は、たぶん自分のものじゃない。前のめりに倒れた身体が階段にぶつかり、
そのまま勢いよく滑り落ちた。

ガッガッガッガッガッ――と一段ごとにバウンドしながらバンザイの格好で滑り落ちてゆく。

（ひえええええ!?）

死ぬ!?　と覚悟した瞬間。

思いっきり亜希は激突していた。

プラットホームのコンクリ床ではなく、見たこともない男の広く逞しい胸板に。

第一話
◆
異世界はおいしくない。

「――ふぎゃっ!」

目の前に火花が散る。

「なっ……? なんだおまえは?」

頭の上から降ってきたのは驚愕しきった男の声。

グラグラする頭を必死でもたげると、見たこともない男性が蒼い瞳を見開いて亜希を見下ろしていた。

(あ……、ガイジンさんにぶつかっちゃった)

眩暈《めまい》をこらえてとりあえず謝罪する。思いっきり棒読みのジャパングリッシュで。

「おー、あいむそーりー……」

「何者だ?」

いきなり別の声に怒鳴られ、ビクッとそちらを向いた亜希の目の前で包丁がギラリと光る。

「ひっ?」

身をすくめ、それが包丁ではなく槍《やり》の穂先《ほさき》だと気付いた。それも一本どころか、左右から複数の槍に狙われている。

「………???」

状況が理解できない。

「暗殺者か?」

「どこから現れた?」

怖い顔で見知らぬ男たちに詰め寄られ、恐怖に身を縮めればさらに槍先が迫る。

「動くな!」

「ひぃいっ」

真っ青になって硬直していると、頭上から最初の声がふたたび聞こえてきた。

「……まぁ待て。暗殺者にしては妙な恰好だし、武器は持っていないようだ」

おそるおそる視線を上げて、ぽかんとした。

赤毛に蒼い瞳。端整というにはややごつい、精悍な顔立ちのイケメンが、入国審査官のごとき謹厳《きんげん》な面持ちで見下ろしている。

赤毛といっても亜希が知っている赤みをおびた金髪ではなく、本当に赤かった。

紅色――真紅というやつだ。陽光を受けてルビーのようにキラキラと輝いている。

切れ長の瞳は、よく見れば青というより水色で、南の海の砂浜に打ち寄せる波のよう。

(あんまり見たことない組み合わせ……)

物珍しさにしげしげと見てしまう。

不審げに眉をひそめて見返され、我に返って気が付いた。亜希は馬上で彼にお姫様抱っこされていたのである。

筋肉量は細マッチョより若干多めだが、重量挙げの選手ほどでもない。

服装は昔のヨーロッパ貴族みたいな……？　黒っぽい生地に銀の紐飾りがついており、軍服のようでもある。

その彼に、地味めなチャコールグレーのスーツに白ブラウスの亜希が両手でお姫様抱っこされているのだ。

「……？」

シュールすぎて状況が把握できず、やっと眩暈の収まった頭が今度は真っ白になる。

すると亜希を取り囲んでいる男たちが苛立《いらだ》った様子でぐいぐいと槍の穂先を突きつけてきた。

そのなかから、いかにも頑固《がんこ》そうな白髪の老人が前に出て怒鳴る。

「うろんな奴《やつ》め！　さっさと殿《との》から離れんかっ」

(と、殿？)

映画の撮影現場に紛《まぎ》れ込んでしまったのだろうか？

日本の駅で西洋歴史もの撮ったりするかな……？

焦って見回したが周囲にはカメラもレフ板もない。

ともかく降りねば！　と亜希はもがいた。

「す、すみませんっ、お邪魔して——」

「おい、気をつけろ」

「きゃあっ？」

バランスを崩した亜希は男の腕から滑り落ち、どすんと地面に尻餅《しりもち》をついた。

「いたた……」

顔をしかめてお尻をさすろうとすると、またもや至近距離から槍を突きつけられる。しかも今度は全方向からだ。

反射的に両手を上げ、降参のポーズで固まっていると馬上から『殿』が尋ねた。

「これはおまえの持ち物か？」

「あっ、わたしのバッグ……」

A4サイズの書類が入る、黒い合皮《ごうひ》のショルダーバッグ。かなりくたびれているが、仕切りやポケットが多くて使いやすく気に入っているのだ。

「調べろ」

手を伸ばすも男はそれを側に控えた部下らしき男に手渡してしまう。

問答無用に後ろ手に縛られ、亜希はもがいた。

「ちょっと！　何するんですかっ」

「おとなしくしろ！　公爵閣下の暗殺未遂で取り調べる！」

「こ、公爵？　暗殺？　何言ってるんですか、そんなの知りません！　わたしは階段から落ちて――」

「どこの階段だ？　おまえは突然空から降ってきたのだぞ」

赤毛の『殿』が厳しい顔で亜希を睨む。

（空から……？）

振り仰いだ空は青く澄み、羊みたいな白い雲がのんびりと流れている。両脇から緑の梢《こずえ》がさしかかり、さやさやと風に揺れていた。小鳥の鳴き声も聞こえる。

豊かに繁る森のなかに、亜希はいた。

（ここ……どこ……？）

今の今まで駅にいたはずなのに、なんで……？

惚《ほう》けていると、後ろから邪険に小突かれた。

「いたっ」

「とっとと歩け！」

気がつくと『殿』はすでに馬を進めて先に行っている。亜希はよろよろと歩きだした。

（これは夢。夢に違いないわ……）

階段から落ちて、気絶して、夢を見ているのだ。

舗装されていない森の道は、ヒール三センチのパンプスでも非常に歩きづらかった。

心の中で呪文のように繰り返しながら、亜希は隊列についていった。

夢、夢、夢、夢、夢――。


牢屋に放り込まれた亜希は、がくりと肩を落として溜息をついた。

壁際に据えつけられたベンチ兼ベッドのようなものに腰を下ろす。ただの板で、マットレスも毛布もない。

多少かびくさいけれど、いちおう掃除はしてあるようだし明かり取りの窓もある。通路の両側にいくつかの牢が並んでいるが、人の気配はなかった。

「わけわかんない……。一体全体何がどうなってるのよぉ……」

亜希は頭を抱えて呻いた。

全力で夢だと思いたかったが、悲しいことに夢ではない……らしい。

夢よ覚めろといくら念じてもだめだった。

耳を引っ張れば痛いし、息を止めれば苦しい。頬をバシバシ叩くとやっぱり痛かった。

これはもう夢ではない。『現実』だ。

理由はわからないが、亜希は異世界だか異次元だかに飛ばされてしまったのだ。

「きっかけは、アレよね……絶対……」

階段から落ちたこと。落ちたというか、突き飛ばされた。

故意ではなかっただろう。たぶん、亜希が見送ることにした電車に駆け込み乗車しようと焦《あせ》って駆け下りてきた誰かにぶつかられたのだ。

「階段から落ちた勢いで次元の壁を突き破ったとか？」

自分で言っといてそんなアホなと思うが、他に説明のしようがない。

「まぁ、いいか……。死ぬよりマシよね。きっと」

考えてもしょうがないので深く考えないことにした。

明日考えましょう。

（あっ……。そういえば企画書の〆切、明日だったっけ。早くバッグ返してくれないかなぁ）

あんまり引っかき回さないでほしいんだけど……などと、亜希が『現実』逃避をしている頃。

空中から降って湧いた亜希に激突された『殿』ことハロルド・コンシダインは、初めて見る品々《しなじな》を前に困惑していた。

「……一体なんなのだ、これは？」

なんの革だかわからない黒い鞄から取り出した品物が、ずらりと執務机の上に並んでいる。

ハロルドに判別できるのは小型の本らしきものと、ハンカチくらいだ。

小さなポーチに入っているのは化粧道具だろう。見たことのない形状だが、棒紅くらいは武骨者《ぶこつもの》のハロルドにもわかる。

試しに本を開いてみると、線の引かれた紙面に判別不能の文字がずらずら並んでいた。本ではなく備忘録《びぼうろく》の類《たぐい》らしい。

「とすると、これは筆記具か？」

黒い細棒をいじっているうち、カチリと音がして先端が飛び出した。すわ暗器《あんき》かと緊張したが、紙の上に先端を滑らせるとくっきりした線がするすると引けた。

「ほう！　これはいい、実に書き味なめらか」

鵞《が》ペンより断然よい。どういう仕組みか後で問い質《ただ》さねば！

次にハロルドは瓶のような形状のものを手に取って眺めた。素材はガラスではなく、ふよふよした正体不明の物質だ。中には透明な液体が入っている。

コルク栓しか知らない彼はどうやって蓋を開けるのかしばし悩んだが、引っ張っているうちに仕組みがわかった。

蓋が外れると同時に、ポン！　と破裂音がして、反射的に投げ捨てそうになる。目一杯腕を伸ばして様子を窺うも、それ以上の異変は起こらなかった。

用心しつつ観察するとしゅわしゅわと泡が弾けている。

「……炭酸水か？」

領内には炭酸水の湧き出る泉がいくつかある。においを嗅いでみると、かすかに柑橘系《かんきつけい》の香りがした。

（果汁を混ぜてあるのか）

味見してみたかったが、毒ではないという確証が得られない限りは用心すべきだ。

と、そこへ執務室の扉をせわしく叩く音がした。位置の低さから誰だか見当はつく。

「入れ」

扉が開いて入ってきたのは予想どおり妹のリディアだった。

先月八歳になったばかりで、ハロルドとは十六も年が離れている。両親はすでに他界しているため、兄が親代わりだ。

「お兄様、暗殺者に狙われたって本当？　大丈夫？」

たたたっ、と駆け寄ってきたリディアが心配そうに兄を見上げる。

「心配ない。それに、まだ暗殺者と判明したわけでもないしな」

「思いっきり体当たりされたって聞いたわ」

「いや、落ちてきたんだ。空から」

「空から？」

きょとんとする妹にハロルドは苦笑した。

確かに、何もない空から落ちてきたなどありえない。たぶん、樹上に潜んでいて足を滑らせたのだろう。

「……これ、暗殺者の持ち物？」

興味津々にリディアは机の端に掴まり、天板に並ぶ雑多な品物を眺めた。

「見たことないものばっかり！　──それは何？　飲み物？」

「らしいな。炭酸水のようだ」

「この箱は何かしら。苺《いちご》の絵が描いてあるけど……」

手にとった小箱を開け、リディアは歓声を上げた。

「美味しそうな匂い！」

「おい、気をつけろ」

「きっと苺のお菓子だわ」

リディアは摘み上げた塊を熱心に眺めた。

ピンクと焦《こ》げ茶色の二層になった物体の匂いをふんふんかいだかと思うと、止める暇もなく口に放り込む。

「おいっ」

慌てるハロルドにかまわずもぐもぐと咀嚼していたリディアが、ふいにうつむいた。

小さな拳を握りしめ、ふるふると震える妹にますます焦る。

「どうした？　早く吐き出せ」

「お〜〜いし〜〜っっ」

ぱぁあと顔を輝かせるリディアに呆気《あっけ》にとられたハロルドは、我に返って急いで小箱を取り上げた。

「毒味も済んでいないものを口に入れるなっ」

「やだ、返して！　もういっこ食べる〜！」

「ダメだ！　さっさと吐き出せ、毒かもしれんっ」

「えぇ〜、こんなに美味しいのにぃ」

押し問答をしていると、扉がノックもなしにバンと開き、甲冑姿《かっちゅうすがた》の白髪の老人――ラウゴットが血相《けっそう》を変えて現れた。

その後ろですらりとした美青年が目を丸くしている。

「何事ですか、殿？」

「じいか。リディアが得体のしれんものを口にしたのだ」

「なんと！　姫様、じいの手に今すぐお吐き戻しを！」

さっと跪いて両手を差し出す老人に、リディアはあかんべーをした。

「い・や！　お兄様、それわたしにくださいな」

「毒でないことがわかったらな」

「そんなこと言って、独り占めする気ね？　お兄様がいかつい顔して甘いもの好きなのは知ってるんだから」

「いかつい顔は余計だっ」

「……まぁまぁ、リディア様」

年の離れた兄妹が眉を吊り上げて言い争うのを苦笑しながら眺めていた美青年が仲裁《ちゅうさい》に入った。

「ハロルド様がそのような意地汚いことをするわけないのはご存じでしょう」

「エアハルトの言うとおりだ」

腕組みをしたハロルドが、フンと大きな鼻息をつく。リディアはしぶしぶ頷いた。

ハロルドは召使いを呼んでリディアを連れて行かせた。しばらく目を離さず、少しでも異変があればすぐに知らせるようにと厳重に命じる。

「姫様は大丈夫でしょうか……」

眉を垂れておろおろする老騎士に、ハロルドは溜息をついた。

「わからん。確かに甘い、いい匂いがするが」

差し出された箱の匂いを用心深く嗅いで、ラウゴットは眉間にしわを寄せた。

「苺のようですな。……この粒のなかに苺が練り込んであるのでしょうか」

「ただの菓子ならいいが……、とにかく見知らぬものには用心せねば」

ハロルドはどかりと椅子に腰を下ろし、机の上の物品を半眼で睨んだ。

「あの女の様子は？」

「牢でおとなしくしております」

気を取り直してラウゴットはしかつめらしい顔で答えた。

「なんにせよ怪しい奴です。妙な恰好をしているし、いきなり殿に襲いかかったのですからな」

許すまじ！　と殿至上主義の老騎士は鼻息荒く拳を握る。

「……襲いかかったというより、降ってきた感じだな、あれは」

ハロルドは顎を撫でながら呟いた。

「何もないところから突然現れたと？」

「木の枝から落ちたのだと思ったが、よく考えてみればあそこは開けた場所だ。頭上には何もなかった」

「確かに」

しぶしぶとラウゴットも同意する。

「……思い当たることがひとつあるのですが」

エアハルトが控えめに口を開いた。

「なんだ？」

「あの女性は、マレビトではないでしょうか」

「マレビト？　……別の世界からやってくるという、あれか？」

「はい」

「ただのおとぎ話だろう」

「そうとも言い切れません。具体的な記録がいくつも残っています。性別や年齢はさまざまですが、ある日突然どこからともなく降って湧いた――出現したというのが共通しています」

しばしハロルドは考えた。

「……本当にマレビトなら、悪《あ》しき存在ではないはずだ。マレビトは福をもたらすと言われている。持ち物を調べたが、武器らしきものはなかった」

「隠し持っているかもしれませんぞ」

「そうだな。では、こちらで用意した服に着替えさせてから取り調べるとしよう」

ハロルドは家令《かれい》を呼んで指示を下した。

「──起きて。起きなさい」

肩を揺すぶられ、亜希は目を覚ました。

いつのまにかベンチに横になって眠ってしまっていた。

現実に戻れた？　と一瞬期待したが、顔を覗き込んでいるのはまったく見知らぬ西欧風の顔立ちの若い女性だった。

二十歳前後だろうか。眉を吊り上げ、不機嫌そうに口をへの字に結んでいる。

栗色《くりいろ》の髪と茶色の瞳という取り合わせには懐《なつ》かしさを覚えたけれど。

（夢じゃなかった……）

はぁあ～と不景気な溜息を洩らすと、姿勢を戻した女性が腰に手を当てて睨んだ。

「溜息ついてないで、さっさと着替えるのよ」

「着替え……？」

「服に武器を隠し持ってるといけないから」

ムッとして亜希は彼女を睨み返した。

「武器なんて持ってないわよ」

「いいから着替えて。牢屋から出してほしかったらね」

「出られるの？」

「殿がお取り調べになるそうよ」

また殿……。

げんなりしたが、ここにいてもどうにもならない。

周囲を同じお仕着せ姿の女性たちが取り囲み、警戒心もあらわに全員が身構えている。

ちょっとでも不審に思われたら回し蹴りが飛んできそうだ。

（ま、当然か……。どこからともなくいきなり現れたりしたら）

「あの〜。殿というのは……？」

「は？　コンシダイン公爵ハロルド様に決まってるじゃない。とぼけてるの？　それとも物知らずなだけ？」

呆れ顔で言い返されてムッとしたが、ここはおとなしく従うしかない。

用意されたのは踝丈《くるぶしたけ》のシンプルな黒いワンピースだった。背中の編み上げで身頃を調整するようになっている。

女性は亜希の脱いだ服を興味深そうに手にとってしげしげと眺めた。

「変わった服ね。――あっ、これすごい！　便利！　どうなってるの？」

女性はファスナーにいたく感銘を受けている。他のメイドが焦《じ》れたように促した。

「シーラったら。早くしないと爺様に怒鳴られるわよ」

「あっ、そうね。――ねぇ、この服ちょっと貸してくれない？」

「いいけど……。分解とかしないでくれれば」

見るだけよ、と女性——シーラは約束した。

口調はつっけんどんだが、意地悪そうな顔はしていない。

スーツを分解されたらこのワンピースをもらってやるわ、と腹を括《くく》り、亜希はメイドたちに連れられて牢屋を出た。

靴はパンプスのままだが、石畳《いしだたみ》なので歩きやすい。

黒いワンピースともちぐはぐではないものの、なんとなく葬式に行く恰好のようで落ち着かなかった。

これからどうなるのかわからなくて不安だからだろうけど……。

メイドの後ろには武装した兵士が数名付いている。石畳の中庭を歩きながら、亜希はそれとなく周囲を見回した。

連れてこられたときはとにかくパニックとその余波の放心状態で、観察する余裕もなかった。

(まんま西洋のお城……だわ)

城壁の上は凸凹《デコボコ》の矢狭間。槍を持ち、鎖帷子《チェーンメイル》をまとった兵士が巡回している。いわゆる中世のお城である。

まるで映画のなかに入り込んでしまったかのよう。くらりと眩暈がして、亜希は頭を振った。

中庭の奥には立派な城館が建っていて、亜希はそこへ連れて行かれた。

中へ入ると正面に大階段があり、壁には絵画が飾られ、重厚かつ豪華なしつらえになっている。

（わぁ、すごい！　本当に貴族のお屋敷だわ）

すっかり観光客の気分になってキョロキョロしながら、亜希はシーラの後に付いていった。

正面ではなく裏の階段を昇り、二階の廊下の突き当たりの扉をシーラはノックした。

「連れて参りました」

「入れ」

中からぶっきらぼうな声が返って来る。

どうぞ、とシーラに促されて亜希はおずおずと室内に入った。真っ正面に巨大な机があり、その向こうに威風堂々とした偉丈夫がしかつめらしい顔つきで座っている。

机の両脇には亜希を怒鳴りつけた白髭の老人と、初めて見る端整な顔立ちの優しそうな青年が立っていた。

老人にはぎろりと疑わしげに睨まれ、美青年にはなだめるように微笑みかけられ、どうしていいかわからない。

緊張に頬をぴくぴくさせていると、ふたりに挟まれた真紅の髪の男――『殿』は憮然とした顔で肩をすくめた。

（えーと。名前なんだっけ？　ナントカ公爵……ハロルド。そう、ハロルドだったはず）

「まぁ、座れ」

机の前に置かれた椅子を顎で示され、亜希はぎくしゃくと腰を下ろした。

「名は？」

「あ、亜希です……。鳴沢亜希」

「ナルサワ・アキ。名字があるならそれなりの家の出か。しかしアキという家名は聞いたことがないな」

「亜希は名前です。鳴沢が名字。わたしの国では名字が前に来るんです」

「おまえの国とは」

「日本……です」

「でたらめぬかすな！　そんな国、聞いたこともないわっ」

いきなり老人に怒鳴られ、亜希は椅子の上で飛び上がった。

（なんでそういきなり怒鳴るのよ～）

「ラウゴット」

よせ、とハロルドが手を振って制する。

老人が口をへの字に結ぶと、代わって優しそうな美青年が前に出た。

「初めまして、アキさん。そうお呼びしてもかまいませんか？」

「え、ええ……」

ドキドキしながら亜希は頷いた。

「私はエアハルトと申します。よろしく」

「は、初めまして……」

ぎくしゃくと会釈する。

「あなたが今いる国は、アシュリア王国といいます。ご存じですか？」

「し、知りません。すみません……」

「謝ることはありません。では、どうやってこの国へ来たか、覚えていますか？」

「どうやって、って言われても……。気がついたらここにいたんです」

「はぐらかすつもりか？」

またもやラウゴットに怒鳴られ、亜希は泣きそうになった。

ハロルドがうんざりした顔で老人を睨む。

「じいはしばらく黙っておれ。今度許可なく怒鳴ったら後ろ向きにロバに乗せて城壁を一巡させるぞ」

老騎士はぐぐっと黙り込んだ。

ハロルドの目配せを受け、エアハルトが質問を再開した。

「——では、『気がついたらここにいた』の経緯をできるだけ詳しく教えてください」

優しく促されると堪えきれなくなり、堰《せき》を切ったように亜希は話し始めた。

仕事から帰る途中、ぶつかられて駅の階段から落ちたこと。あっと思った次の瞬間には『殿』にぶつかっていたこと。

「何が起こったのか自分でも全然わからないんです！　こっちが教えてほしいくらいですっ」

破れかぶれに叫び、わーっと亜希は泣きだした。

ハロルドは焦って腰を浮かせ、机の上から亜希のハンカチを取り上げると自《みず》ら席を立って手渡した。

「わかった、わかった。ともかく涙をふけ」

「……すみません」

ハンカチで目を押さえ、亜希は呟いた。

困ったように眉を垂れる顔を見る限り、悪い人ではなさそうだ。すぐ怒鳴るお爺さんはおっかないけど……。

「おまえはマレビトではないかと、このエアハルトが言っている。そうなのか？」

「マレビト……？」

亜希は怪訝な顔でハロルドを見上げた。

（マレビトって……古い言葉でお客のことじゃなかったたっけ？）

しかしハロルドの口調はただの客人を指しているのではなさそうだ。亜希はのろのろとかぶりを振った。

「よく……わかりません……。あの、マレビトってなんですか……？」

「別の世界から時折やってくるという、珍しい存在のことです。不思議な力を持っていると言われています」

エアハルトが教えてくれても、亜希は困惑するばかりだ。

「別の世界から来たというのは、合ってると思いますけど……。わたしはただの人間です。特別な力とか、ないですよ……？」

「そうでしょうか。少なくとも言葉は通じてますよね」

そう言われて初めて気付いた。さっきからふつうに日本語を喋っているのに、話が通じている……？

「えっ、日本語お上手ですね？」

パニクるあまり、とんちんかんなことを口走るとエアハルトが苦笑した。

「私たちが話しているのはアシュリア語です。私たちにはあなたもアシュリア語を話しているように聞こえていますよ」

「そうなんですか？」

「それがマレビトの力なのか？」

ハロルドが口を挟む。エアハルトは軽く眉根を寄せてかぶりを振った。

「一概にそうとも言えません。古文書によれば、どの言葉で話しかけても通じる者と、まったく通じない者がいたそうです」

どういう仕組みかわからないが、ともかく言葉が通じるのはありがたい。

英語すらおぼつかないのに、異世界の言語習得なんて絶対無理。

「ニホン語……と言ったな？　では、ニホンというのがおまえのいた世界か」

「あ……はい」

我に返って頷くと、ハロルドは顎を撫でながら亜希をためつすがめつした。そこへ、ノックの音がしてシーラが入ってくる。

「この者の衣服を調べましたが、怪しいものは出てきませんでした」

「そうか」

ハロルドが頷くと、一礼したシーラは亜希には目もくれず、さっさと出ていってしまった。

スーツはどうなったんだろうかと心配になる。

定価では手が出ず、セールになってやっとゲットした憧れのブランドものなんだけど……。

（一見地味だけど、よく見ると細部が凝《こ》ってて可愛いのよ。裏地のバイアステープが水玉模様で）

などと、現実逃避の延長でスーツの行く末を心配していると、しばし考え込んでいたハロルドがおもむろに告げた。

「確かに空から降ってきたことだし……、やはりマレビトと見るのが妥当《だとう》か」

「いきなりぶつかったことは謝ります。故意に突撃したわけじゃないんです。本当です。けっして、その、攻撃？　する意図は……っ」

気を取り直して真剣に訴えると、ハロルドは困惑顔で軽く手を振った。

「わかった、わかった。あれは単なる事故だった。罪には問わぬから安心しろ」

よかった……と胸をなでおろす。

それまで口をへの字に結んで目玉をぎろぎろさせていた老人が、用心深く口を開いた。

「殿。この者をどのように扱うおつもりで？　たとえ暗殺者でなかろうと、得体が知れぬ輩《やから》であることは変わりませんぞ。マレビトだかなんだか知らないが……」

じろっとエアハルトを睨む目付きからすると、この老人は異世界から訪れるという存在を信じていないらしい。

それとも単に疑り深いだけ？

「そうだな。当分は様子見として客人扱いとする」

「咎人《とがびと》扱いでよろしいのでは。殿に頭突きをかましたのですぞ。実に凶暴な女です」

いつのまにか体当たりが頭突きに変わっている。

どっちにしてもやってないのに……と恨めしげに老人を睨むと、ハロルドがしかつめらしい顔ながら親切にとりなしてくれた。

「故意ではなかった」

「む……。ならばせめて監視を付けるべきかと」

年寄りはしつこい。

無下にはできないらしく、ハロルドは考え込んだ。横目で老人を窺いながらおそるおそる亜希は彼に尋ねた。

「……あの～。わたし、元の世界に戻りたいんですけど……。どうすればいいでしょうか？」

「そう言われてもな……。こちらが呼んだわけでもなし、どうやって来たのか本人にもわからんとなると。――エアハルト。古文書にはどのように書かれている？」

「マレビトの帰還に関しては、曖昧な記述しか見当たりません。ある日突然現れ、ある日突然消えた……とか、或いは、この地で一生を終えた、とか」

（一生を終えた？）

驚愕に口をあんぐりしてしまう。

ということは、二度と帰れない可能性も……？

怖くなって亜希はぷるぷると首を振った。

（か、帰れるわよ。いつかきっと……きっと……！）

「ふむ……。まぁ、これも何かの縁だ。この世界にいる限りは面倒を見てやろう」

ぎこちなく微笑む男に、亜希はすがる思いで頭を下げた。

「あ、ありがとうございます……！」

「ところで……。これはなんなのだ？」

顔を上げた亜希は、ハロルドに苺チョコの箱を示されて目を丸くした。

「何って……チョコレートですけど？」

「ちょこれーと？　なんだ、それは？　甘そうだが、菓子か」

「はい。……あの、チョコレート、ないんですか、ここ？」

「聞いたことないな。何からできてるんだ？」

「ええと……、カカオと砂糖とミルク……かな？　それには苺の果肉も入ってます。ちょっとだけど」

「砂糖が入っているとは、高級品だな。苺とミルクはここにもあるが、『かかお』というのは知らんな。これは火を通してあるのか？」

やけに真剣な顔で問われ、亜希は面食《めんく》らった。

「はぃ？　えぇ……確か、ローストしたカカオ豆をすりつぶして、湯せんしながら混ぜるから……」

手作りしたときのことを思い出して答えるとハロルドは頷いた。

「火が通っているなら大丈夫か。さっき妹がひとつ口にしてしまったのだが」

「それ食品なんで。食べても害はないです。食べすぎはよくないけど」

「ならいい。もらってもいいか？　妹がいたく気に入ってな」

「あ、はい。どうぞ」

食べかけですけど。

確か、半分くらいしか残ってなかったはず。

こんなことなら開けなきゃよかったかしら……と思っていると、ハロルドの指示でエアハルトが壁に下がっていた紐を何度か引いた。

まもなくドアがノックされ、ふたたびシーラが現れた。

「しばしこの者を預かることにした。名前はアキ。マレビト——別の世界からやってきたとのことだ。部屋を用意してやれ。正式な客人として扱うように」

「かしこまりました」

一瞬目を瞠ったシーラは急いで膝を折った。

彼女に手招かれ、亜希はぺこりと一同にお辞儀《じぎ》をして彼女の後に続いた。

「アキっていうの？　変わった名前ね」

廊下を歩きながら、シーラは気さくに話しかけてきた。

「そう？　わたしのいた世界では、そんなに珍しくないけど」

「別の世界から来たって本当？　どうやって来たの？」

「わからないわ。階段から落ちて……気がついたらここに来てたの」

「へぇ～」

シーラは好奇心に目を輝かせて亜希を眺めた。

最初はつっけんどんな態度だったが、得体の知れない奴……と警戒していただけのようだ。改めて見れば、気の強そうなところはあっても気立てのよさそうな娘さんだ。

「アキはいくつなの？」

「二十七」

「うっそー！　そんな年上なの？　全然そうは見えないけど」

昔から童顔だが、それで得した記憶はあんまりない。

特に社会人になってからはマイナス要因にしかならなかった。もっと年を取れば、若見えが嬉しくなるのかもしれないが、アラサーの今は微妙だ。

シーラは十九歳とのことだが、顔立ちが西洋系のせいか、同い年くらいに思えた。

西洋系というか、どちらかというと中央アジアとかの人々に近い気がする。

ハロルドやエアハルトも同様、彫りが深くて眉が濃い、色白だけどちょっとエキゾチックな顔立ちだ。

亜希が連れて行かれたのは別棟にある一室だった。

この棟の部屋は客室として使われているという。どうせ空《あ》いているから、とシーラは日当たりのよい南東の角部屋をあてがってくれた。

家具にかかっていた埃除《ほこりよ》けの白布を外《はず》すのを手伝っていると、ノックもなしにドアが開いて十歳くらいの女の子が入ってきた。

「あなたがマレビトさんね？」

人懐っこい笑顔で問いかけられ、亜希はとまどった。

というか驚いて瞬時に言葉が出なかった。びっくりするほど整った顔立ちの美少女だったこともあるが、彼女の髪がピンクだったからだ。

ハロルドの真紅の髪にも驚いたが、それ以上にすごい。絶対ありえない色だ。亜希の生まれ育った世界では。瞳は鮮やかなグリーン。これは元の世界にもあるが、それにしても際立《きわだ》って鮮やかだ。

ふわっふわの巻き毛には深緑のサテンのリボン。膝下丈のレース仕立てのショートドレスにフリルのついた実用的とは言い難い純白のエプロンを合わせている。

絵画から飛び出してきたみたいな美少女に思わず見とれていると、少女はにこにこしながら闊達に話しかけてきた。

「ありがとう、これ、とっても美味しいわ！」

　少女が手にしているのは、亜希がハロルドに譲った苺チョコレートだ。

「あ……。ハロルドさんの、妹さん……？」

「そうよ。わたしはリディア。あなたは？」

「亜希です」

「よろしくね！　ごちそうさま！」

　かけらも警戒心のない無邪気な笑みを向けられると逆にたじろいでしまい、亜希は顔を引き攣《つ》らせながらどうにか微笑んだ。

「お嬢様、それなんですか？」

　シーラが尋ねる。

「アキが持ってきたお菓子よ。とっても美味しいの。シーラにもひとつあげる」

　気前よくリディアは銀紙に包まれたチョコをひとつ手渡した。自分にも差し出され、慌てて亜希は手を振った。

「わたしはいいです！　どうぞ食べて」

「これ、アキが作ったの？」

「いえ、店で買ったんです」

「お店で売ってるの？　どこの？」

「お嬢様、別の世界のお店ですよ。聞いてもたぶん行けません」

冷静にシーラに突っ込まれ、リディアはしゅんとした。

「残念……。じゃあ、これが最初で最後の『ちょこれぇと』なのね。大事に食べなきゃ」

「お嬢様、これお返ししますよ」

「何言ってるのよ。シーラも食べて感動してちょうだい」

「かしこまりました」

生真面目に頷いて、シーラはチョコをポケットにしまった。

(妹って……、ずいぶん年が離れてたのね)

ハロルドの年格好からしてなんとなく二十歳前後の女性を想像していたのだが。

「リディアさんは何歳なんですか？」

「リディアでいいわ。八歳よ。アキは？」

「二十七です」

「うそっ、お兄様より年上なの？」

「えっ？　ハロルドさんてそんなに若いの？」

「お兄様は二十四歳よ」

なんと！　三つも年下とは。てっきり同い年か少し上くらいかと思っていた。

亜希の顔色を読んでリディアは頷いた。

「お兄様、老け顔だから。——あっ、お兄様に言っちゃダメよ？　案外気にしてるの」

「い、言わない言わない」

ぷるぷると亜希は首を振った。

「ところで、どうして真っ黒な服なんか着てるの？　それ、裁判のときに囚人が着る服でしょう？」

驚いてシーラを見ると、彼女は気まずそうに目を逸らした。

「公爵様がお呼びと聞いたので、てっきり裁判だと思って……」

「アキはお客よ。それもとびっきり珍しい、別世界からのお客様なのよ？　すぐに着替えを用意して。ついでにお茶もお願いね」

「かしこまりました」

シーラは膝を折ると、さっそく部屋を出ていった。リディアに誘われてソファに並んで座る。

「あの。わたし、この世界のこと何も知らないの。教えてくれる……？」

「いいわよ。なんでも聞いて」

「ここは……なんという国だったかしら」

一度聞いた気がするのだが、忘れてしまった。

「アシュリア王国よ」

ああ、そうそう。アシュリア王国だ。

「お兄様は国王陛下の甥《おい》なの。わたしは姪《めい》ね。お父様が国王陛下の弟君だったのよ。お父様もお母様も、ずっと前に亡くなってしまわれたわ。わたし、まだとても小さくて、お顔も覚えていないの。肖像画でしか知らないわ」

リディアの声が少ししんみりする。だがすぐにニコッと皓歯《こうし》を覗かせた。

「お兄様がいるから平気よ。お兄様はとっても強いの。怖そうな顔してるけど、すっごく優しいのよ」

こんな美少女の妹なら、さぞかし可愛いことだろう。

確かに強面だが、さっき話した感じではけっこう親切だった。つい感情が昂って泣きだしてしまった亜希に、席を立ってハンカチを差し出してくれた。

国王の甥であるハロルドは七年前、王弟であった父の跡を継いで十七歳にしてコンシダイン公爵となった。

アシュリア王国には公爵家が五つあり、主に軍事面で王国を支えているという。コンシダイン家は筆頭公爵で、当主のハロルドは国軍元帥《げんすい》を拝命《はいめい》している。

幸《さいわ》いにもここ数十年、大きな戦争は起こっていない。現在、ハロルドの主な仕事は定期的な国境巡回くらいだという。

平和な国に生まれ育った亜希としては、トリップ先が戦時中の国でなかったことにまず感謝だ。

そんなところへ行ったらとろい自分など確実に一瞬で死ぬ。この世界でさえ、危うく槍で刺されるところだったのだ。

そこに別のメイドがお茶を運んできた。

ティーポットやカップは、ぽてっとした質感の陶器でできている。元いた世界のものとよく似ているが、やはり微妙に違和感がある。

粉引きに似た厚手のカップに注がれたお茶は黒に近い焦げ茶色。

（ん……？　この香りは……？）

飲んでみるとまさに――。

「麦茶だわ！」

「お茶と言えばふつう麦茶よ？　アキの世界では違うの？」

「麦茶もあるけど、大抵は夏に冷やして飲むの。お茶と言われて思い浮かべるのは緑茶か紅茶ね」

リディアによればこの世界には緑茶も紅茶もないそうだ。

麦茶の他は花びらや香草《こうそう》を使ったハーブティーがあるが、これは嗜好品《しこうひん》というより薬に近いものらしい。

どうもチャノキそのものが存在しないか、知られていないようだ。残念。

しかし、麦茶の素朴な味わいは、突然見知らぬ異世界に放り込まれた亜希にとってかなりホッとするものだった。

そのうちにシーラが何着か着替えを持って戻ってきた。

「すみません、お嬢様。ちょうどいいドレスが見つからなくて……。とりあえずサイズが合いそうなわたしの私服を持ってきました」

レースで襟や袖口が縁取られた可愛いワンピースだ。服を広げさせてリディアは不満そうに口を尖らせた。

「裾が短いわ。これじゃ踝が出ちゃうじゃない」

「すみません。貴族の方々のような裾長のものはなくて……」

恐縮するシーラに、慌てて亜希は言った。

「これがいいです！　ドレスとか着慣れてないから転びそうだし！」

「じゃあ、靴は変えないと。貴婦人は踝を見せちゃいけないのよ」

「や、わたし平民なんで……」

「お客様に粗末な恰好はさせられないわ」

言い張られ、アンクルブーツをシーラに借りた。さいわい服も靴もサイズは大体同じだった。胸元が若干だぶついているのは物哀しいけれど。

シーラに礼を述べると、あなたの服を借りてるから、とあっけらかんと返された。そう、スーツを預けていたんだった。

シーラは裁縫《さいほう》が得意で、服のデザインや仕立てが趣味なのだとか。スーツを元に服を作ってくれるそうだ。

どうせなら今採寸《さいすん》しちゃいなさいよとリディアに言われ、メジャーを当てられていると侍従が夕食のお時間です、と呼びに来た。

リディアに連れられて晩餐室へ行く。

そこは天井から鉄製の黒いシャンデリアが下がり、暖炉の上の壁に立派な角をいただいた鹿の剥製が飾られていた。

反対側の端にも暖炉があり、こちらには狩猟の場面を描いたタペストリーがかかっている。

暖炉と暖炉の間には大変長いテーブルがあって、枝付き燭台が三つ置かれていた。鹿の剥製《はくせい》があるほうの暖炉を背に、ハロルドが昼間と同じ謹厳な顔で座っていた。

リディアはもう一方の端――には行かず、ハロルドの左手側の角に座る。

「アキの席はそこ」

と、自分の向かいを示す。亜希はおずおずと席に着いた。

目の前には何枚かの皿とスプーン、フォーク、ナイフといったカトラリーが並んでいる。

見慣れたものと大差なくてホッとした。

数人の給仕が巨大な鍋を運んできて食卓に置いた。そこから料理を各自の皿に盛りつける。

ハロルドが両手を組み合わせ、祈りの言葉らしきものを呟き始めた。リディアも神妙な顔で同じことをしているのでとりあえず真似をする。

急に空腹を覚えた。そういえばこの世界に来てから初の食事だ。

「……では、食べよう」

ハロルドの声で食事が始まった。

料理は何かの肉。焼いたのではなく、茹《ゆ》でたものらしい。

白っぽく、鶏肉に似ている。付け合わせは芽キャベツみたいな丸い緑色ものと、ニンジンのグラッセに似た黄色のもの。

別の皿に、ベーグルくらいの大きさの丸いパンらしきものがふたつ。

どんな味がするんだろうかとドキドキしながら肉を口に運び、咀嚼《そしゃく》して亜希は眉をひそめた。

(味が……しない……？)

くたくたに煮込んで、旨味《うまみ》が全部出てしまったような感じだ。テーブルには塩の容器があって各自がかけるようになっている。

リディアとハロルドの様子をそっと窺うと、ふたりともかなり大量の塩をかけて黙々と食べていた。食事を楽しんでいる雰囲気ではまったくない。

ともかくすごくお腹が空いていたので食べられるだけありがたいわ、と亜希もまた塩を振って残さず平らげた。

付け合わせの野菜はよく煮込んであってやわらかかったが、それ自体の味はわからなかった。

パンは味気ない上にボソボソのパサパサで、はっきり言って全然美味しくない。

こんなマズいパンを食べたのは生まれて初めてではなかろうかというくらいマズかった。

かろうじてバターだけは美味しかったのが救いだ。

(公爵家といったら貴族でも上位よね)

それにハロルドは国王の甥だと聞いた。名誉職かもしれないが、国軍元帥でもある。

ふつうに考えればお金持ちだろう。実際、衣服に関してはハロルドもリディアも上等なものを身につけている。食べ物に事欠《か》く状況ではないはず。

(それとも飢饉《ききん》とか?)

いや、量はあるのだ。充分に。

ただ美味しくない。

まるで出し殻《がら》を食べてるみたいな味気《あじけ》なさだ。

食後に甘みをつけた麦茶とチーズが出てきて、取り合わせはどうかと思うけど、これはふつうに美味しかった。

メインがマズかっただけに余計に美味しく感じられたのかもしれない。

ハロルドとリディアの表情も、食事中よりずっとくつろいでいるというか、ホッとした面持ちだった。やはりふたりもあの料理は美味しくないようだ。

世話になっている身の上でケチをつけるわけにもいかず、ごちそうさまでした、と神妙な顔で亜希は頭を下げたのだった。


この世界に来て、早くも一週間が過ぎた。

亜希は公爵の客人として丁重にもてなされている。

亜希の持ち物に興味を持ったハロルドやエアハルトにいろいろと質問され、わかる範囲で説明した。

しかしわからないことのほうが多く――ボールペンの構造とか、紙の作り方とか！――もっとチートな知識を仕込んでおけばよかったと悔《く》やんだ。

食事に関しては、最初のマズい食事が残念ながらデフォルトだった。

もしかして単に異世界人である自分の口に合わないだけかも？　と思ったが、ハロルドとリディアの兄妹も、いつも苦行《くぎょう》みたいな仏頂面《ぶっちょうづら》で食事をしている。

ひょっとして、料理人《コック》の腕前に問題があるのでは……？　と思い切って尋ねると、コックはいないという驚愕の答えが返ってきた。

しかも、この家にたまたまコックがいないのではなく、料理人《コック》という職業自体がないというのだ。

「じゃあ誰が食事を作ってるんですか？　自炊《じすい》？」

貴族が？

ハロルドは憮然と首を振った。

「厨房当番の召使いが交替で作っている。どうせ茹でるだけだからな。誰がやっても大差ない」

「わたしのいた世界にはプロの料理人がたくさんいますよ」

「昔はこちらにもいたそうだ。料理人禁止令が出て、全員、転職を余儀《よぎ》なくされた。辞めないと雇い主ともども死刑になったそうだ」

魔女狩りかキリシタン迫害みたいだ。

「い……いつの話です？　それ……」

「さて……。四百年くらい前か」

そんな昔から！　食文化が廃《すた》れて当然だ。

「今でも給料をもらったり対価を受け取ったりして調理をしてはならぬという法律がある」

「それじゃ、レストランとかないんですか？　えっと……食べ物を出す店は」

「旅籠《はたご》くらいだな。特別に許可されている。だが、出てくるものはうちとそう変わらないぞ？　基本、生野菜と茹で肉だ」

一瞬期待したのだが、きっぱり言われてしまう。

不毛すぎる……。

がっかりしているとリディアが兄を庇《かば》うように説明を加えた。

「仕方がないのよ。この世界の食べ物には毒が含まれているから、毒抜きをしないと食べられないの」

「ど、毒？」

思わず口を押さえる。

マズいと思いつつ今日も完食してしまった！

「大丈夫、煮出せば毒は消えるから」

「あ……」

だからいつもくたくたに煮てあるんだ……！

「あのー、煮ないとだめなんですか？　焼くとかでは……」

「だめだ。焼いたら逆に毒が濃縮する」

焼き肉、不可ですか……。がっくり。

「すべての食べ物に毒があるんですか？」

「基本的には肉類だな」

「魚は？」

「同じだ。煮れば食える」

刺身も焼き魚も不可。

果物は大丈夫だが、葉物以外の野菜は肉同様、徹底的に煮る。

そして煮汁《にじる》は全部捨てる。なぜならば毒だから。

つまり毒と一緒に旨味も全部捨ててしまうわけだ。

「もったいない！　そこ、美味しいとこですよ？」

「毒だぞ」

生真面目に諭《さと》され、うっと言葉に詰まる。

リディアがせつなげな溜息をついた。

「アキのいた世界では、おいしいものがたくさんあるんでしょうね。あの『ちょこれぇと』みたいに」

「まぁ……。チョコはお菓子だけど。調理法はいくつもあるわ。煮る、焼く、蒸す、揚げる……」

つらつら挙げてみると、ふたりともぽかんとしている。『煮る』一択の世界に生まれ育っては無理もない。

「そういえば、卵は大丈夫なんですか？　この間ゆで卵が出てきましたけど。――あ、茹でてあるからいいのか」

ものすごい固ゆで卵で、あやうく喉を詰まらせるところだった。

「卵とミルクは、新鮮なものなら生でも大丈夫なの。その日のうちに食べればね。でも、一晩経ったものは怪しいから念のため加熱するのよ。生っぽさが残らないように」

「目玉焼きとかしないんですか？」

「なんの目玉？」

リディアがきょとんと聞き返す。

「え。いや、卵をふたつ割って、蒸し焼きにするのよ。半熟の黄身がとろ～っとしたところに塩コショウして食べると美味しいんだけど」

思い出すと涎が出そうになる。

「おいしそう！」

リディアが目を輝かせると、気難しげにハロルドが遮った。

「だめだ。焼くと毒が濃縮する。卵も完全に無毒とは言えない。焼いたら毒性が増すかもしれんぞ」

「えーっ」

恨《うら》めしげにリディアが兄を睨む。

不毛かつ面倒くさい世界だなぁ、と亜希は溜息をついた。

料理人が駆逐《くちく》され、肉や魚を食べるには毒を煮出さなければならない。

毒と一緒に旨味も溶け出し、それらは捨てられる。

美味しさは失われ、食事はただ生きるための栄養補給という意味しか持たなくなった。

人々が食に関心を失った結果、『茹でる』以外の調理法は忘れられてしまった。

ここはそういう世界なのだ。

(そうは言っても、工夫すれば美味しいものができるはずよ)

「――あの。わたしに料理をさせてもらえませんか?」

思い切って亜希は頼んだ。

料理にはちょっと自信がある。

昔、父親が個人経営の小さなレストランというかビストロをやっていて、小さな頃から料理には親しんできた。

一時はカフェ開業を夢見て、働きながら専門学校の夜間部に通って調理師免許も取ったのだ。

思い出したとたん、ずっと考えないようにしていた苦い記憶が胸を刺し、亜希は急いで意識を逸らした。

「工夫すれば、もっと美味しく食べられる方法が見つけられると思うんです」

「客人に炊事《すいじ》をさせるわけにはいかん」

「もう一週間もお世話になってますし……元の世界にいつ帰れるかもわかりません。誰が料理してもいいなら、わたしにさせてもらえませんか？」

ハロルドは迷っていたが、リディアにせがまれてしぶしぶ承知した。

「いいだろう。ただし、毒抜きが不完全になると危険だから監視させてもらうぞ」

「はい、そのほうがわたしも安心です」

当然、と亜希は頷いた。右も左もわからぬ異世界で親切にしてくれた人たちに、恩を仇《あだ》で返すようなことになっては大変だ。

亜希は返してもらったノートを自室の机に広げてさっそくメニューを考え始めた。

「そう言えば、おみそ汁飲みたいよねぇ。ごはんも食べたい」

真っ先に思い浮かんだのは日常的に作っていたみそ汁だった。人に食べさせるというより自分が食べたい。

「あー……。でも出汁《だし》が取れないか」

かつおぶしも煮干しもない。この世界の魚に毒が含まれているならそもそも作れない。

「第一、肝心《かんじん》の味噌《みそ》がないしねぇ……」

大豆に似た豆ならあって、茹でたものが付け合わせに出てきた。茹ですぎてグジャグジャになっていたが……。

「味噌造りに必要なものは……大豆と塩と小麦……。米らしきものもあるけど、あれ……うちでいうインディカ米だよね。細長かった」

これも茹でて付け合わせの野菜と一緒に出てきた。

「――だめだわ、みそ汁はハードルが高すぎる」

調味料といえば塩、コショウ、お酢《す》くらいなもの。使い慣れた調理道具もない。火力は薪と木炭で、かまどとオーブンで調理する。オーブンといっても石窯焼きをウリにしているピザ屋で見かけるようなアレで、主に例のマズいパンを焼いている。

作らせてほしいと言った手前、何か美味しいものを作らねばという見栄と気負いのせいだろうか。これといったアイデアが出ないまま数日が経ってしまった。

厨房で悩んでいると、森へ散歩に行こうとリディアが誘いに来た。初夏の今ならスグリやキイチゴがとれるという。

公爵家の城館の周りは豊かな森に囲まれ、ちょっと歩いただけで籠いっぱいにいろいろな種類のベリーが採れた。

赤、白、黄色に濃紫と彩りもさまざま。味も元の世界のものと変わらず、甘酸っぱくてとても美味しい。

亜希はリディアと一緒になって無我夢中で食べた。

「果物に毒がなくてよかった……」

思わず呟くと、リディアも全面的に同意という面持ちで頷いた。

「たくさん持って帰ってジャムにするわ。去年作ったぶんをちょうど食べきってしまったの」

甘みづけには砂糖よりも蜂蜜《はちみつ》を使うことが多いそうだ。ここでは砂糖はとてもお高いらしい。

おいしいジャムを塗れば、あの激マズなパンもずいぶんマシに食べられるだろう。

厨房へ行くと、今日の炊事当番が大鍋で肉を煮ていた。

昨日、ハロルドが森でイノシシ（に似た獣《けもの》）を捕ってきたのだ。すぐ使うぶん以外は保存のために大量の塩とコショウで大樽《おおだる》につけ込む。

臭みを抜くため、何種類もの香草と一緒にぐつぐつ茹でられている。

ふと、数種類の野菜が置かれた調理台の上に、籠に盛られた卵があることに亜希は気付いた。

「――これ、今朝の卵ですか？」

「ええ、そうよ」

大鍋をかき回していた中年のメイドが頷く。亜希はリディアに尋ねた。

「当日なら生でも食べられるのよね？」

「食べられるけど、生じゃ美味しくないわよ。栄養価は高いらしいけど……。病気のときに飲まされるの」

肩をすくめるリディアに亜希はにっこりした。

「おいしく茹でて食べましょ」

「ゆで卵？」

「いいえ」

リディアとメイドが揃ってきょとんとする。卵を茹でるといえば、ゆで卵しか思い浮かばないようだ。

固ゆでしか知らない彼らに半熟のゆで卵を作ってあげてもいいが、それでは能がない。大体ゆで卵は『料理』とはちょっと言い難い気がする。

亜希は調理台の上をもう一度眺めた。

新鮮な葉物野菜のなかに、レタスがあった。試しにかじってみるとみずみずしく、元の世界よりもずっと味が濃い。

この世界、生野菜や果実に関してはとても美味しいのだ。

「お酢はありますか？　あと、油と、塩、コショウ……」

メイドが棚から必要なものを出してくれる。

この世界でのお酢はブドウから作るワインビネガーで、赤と白がある。今回は白を使う。油はオリーブオイルだ。

ボゥルと泡立て器を貸してもらい、卵をひとつ小皿に割る。白身と黄身に分けるのを見て、リディアが興味津々に尋ねた。

「お菓子を作るの？」

「調味料よ」

卵黄をボゥルに入れ、白っぽくなるまで泡立て器でよくかき混ぜる。そこへ、大さじ1の酢と塩、コショウを加えてさらにかき混ぜる。

「リディア。オリーブオイルをちょっとここに入れてくれる？」

リディアは頷き、細長い口のついた容器から慎重にオイルを注いだ。ときどきオイルを足しながらかき回すうちに質感がだんだんと固くなってくる。

手が疲れるので途中でメイドやリディアと交替しながらかき混ぜ続け、ふたたび大さじ1の酢を入れる。

様子を見ながらオイルを小量ずつ加えてさらにかき混ぜ、ようやく満足のいく仕上がりになった。

「ふぅ。こんなもんかな？」

「出来上がり？　これもお料理なの？」

「マヨネーズっていう調味料よ。野菜につけて食べると美味しいの。味見してみる？」

大きく頷くリディアに、小さじですくったマヨネーズを渡す。一舐めしてリディアは目を輝かせた。

「美味しい！　酸っぱいけどまろやかだわ。食べたことない味よ」

続いて味見したメイドも美味しいと歓声を上げた。よかった、と安堵して亜希は小鍋に水を入れ、火にかけた。

沸騰したらおたま半分の酢を入れてふたたび沸騰させる。ぶくぶく泡が立ってきたら鍋のなかでおたまをゆっくりと回して渦を作る。

あらかじめ小皿に割っておいた卵を、渦の真ん中にそっと落とす。水流に沿って、お酢の効果で卵白がふわふわっと固まってゆく。リディアとメイドは目を丸くしてその様子を見つめていた。

これで二分半待つのだが、タイマーがないので頃合いを見計らっておたまに掬《すく》い、水を張ったボウルでお酢くささを落とす。

水気を切って、メイドに作ってもらったサラダの上にそっと乗せた。先ほど作ったマヨネーズを野菜に垂らし、卵にぱらりと塩を振って亜希はにっこりした。

「はい、ポーチドエッグの出来上がり〜！」

「ぽーちどえっぐ……!?」

リディアとメイドが異口同音に驚く。

「殻を割って茹でるとは、考えもしませんでした……」

メイドはしきりに感心している。

「新鮮な卵だし、茹で湯は使わないから心配ないでしょ？」

「これ食べていい!?」

涎を垂らさん勢いでリディアがせがむ。

メイドが持ってきた作業用のスツールにいそいそと座り、リディアはナイフとフォークを手にごくりと唾《つば》を呑んだ。

「い、いただきます」

そーっとナイフを入れると、ふんわりした白身の中から半熟の黄身がとろ～っと溢れだした。

「わぁっ、黄身が出ちゃう！」

リディアは慌ててポーチドエッグを口に押し込んだ。一心不乱に咀嚼し、ゴクッと呑み込む。

くぅう……と呻いてフォークとナイフを握りしめる姿に、亜希はハラハラした。

固ゆでだと元の世界と変わらなくても、生だと違うのかもしれない。苦いとか、えぐいとか！

しかし、次の瞬間リディアはぱぁあっと顔を輝かせて叫んだ。

「美味しーーーっ。黄身はとろとろ、白身はふわ～っとやわらかいわ。何これ、いつものゆで卵と同じ卵からできてるの⁉」

「よ、よかった……」

ほーっと息をつく間にも、リディアは忙しなくポーチドエッグを口に運び、あっというまに完食してしまった。

続いて、マヨネーズのかかった野菜に取りかかる。

「あっ⁉　これも美味しい！　レタスに、すごく、合うっ」

次から次へとレタスを食べるリディアにメイドが目を丸くした。

「あらあらまあ！　お嬢様が野菜をこんなに召し上がるなんて」

レタスもすべてたいらげ、リディアは満足の溜息をついた。

「ごちそうさま！　すっごく美味しかった！　卵がこんなに美味しいなんて、思ってもみなかったわ」

生卵と固ゆで卵しか知らなければそうだろう。こんな簡単な料理で感動されると嬉しい以上に照れくさくなってしまう。

「あ、あの、アキさん。わたしにも作っていただけませんか……⁉」

「ええ、もちろん。今作るわね」

ふたたび鍋を火にかけ、ふたつめを作る。

リディア同様、メイドもマヨネーズとポーチドエッグにいたく感激した。

そのうちに他の使用人もやってきて、食べてみたいと騒ぎだした。作り方を教えてほしいと頼まれ、実演販売のごとく何個もポーチドエッグを作る。

やがて卵が尽き、マヨネーズも使い切ってしまった。

その日の夜、いつもと同じ味気ない茹で肉をぼそぼそ食べながら、リディアはポーチドエッグとマヨネーズがいかに美味《びみ》であったかを熱っぽく語った。

褒められすぎて恥ずかしい。

ハロルドは妹の話にいたく興味を示し、卵がないので今日はもう作れないと聞いてがっかりしていた。

明日また作りますから、と約束する一方、もうちょっと料理らしい料理も作りたいなぁと考えた。

翌日、新鮮な卵が鶏小屋から届くと、さっそく亜希はマヨネーズ作りに取りかかった。

この世界では冷蔵庫などなく、食料の保存には温度変化の少ない地下室を使う。公爵家はお金持ちだけあって専用の氷室があった。冬のうちに切り出した氷をできるだけたくさん保管して、秋口まで持たせるのだ。

生卵を使うマヨネーズは傷《いた》みやすい。その日に使い切れるぶんだけ朝に作り、氷室で冷やしておくのがいいだろう。

作り方は厨房担当の召使い全員に教えた。基本的に混ぜるだけだし、オイルの分量で固めにもゆるめにもできる。

（やっぱり手作りのマヨネーズは美味しいわ）

作りたてを味わってもらいたくて、昼食に戻ってきたハロルドにポーチドエッグのサラダ添えを出すと、彼もまた妹に負けず劣らずの感激ぶりを見せた。

いつもしかめっ面《つら》一歩手前くらいの謹厳な顔をしているハロルドが、ものも言わずにポーチドエッグ三個をばくばく平《たい》らげるさまはある意味壮観《そうかん》だった。

皿に残った黄身もぼそぼそのパンでていねいにぬぐい、舐めたようにきれいに完食した。

「この『まよねぇず』はパンにも合うな」

感心しきりといった様子で彼は何度も頷いた。

「あ。それじゃ今度はサンドイッチを作りますね」

「それはなんだ？」

「パンに好みの具材を挟むんです。きゅうりとか、ゆで卵を刻んでマヨネーズで和《あ》えたのとか」

「ぜひ作ってくれ。それにしても、厨房にあるものだけでこのような美味なソースを作ってしまうとは、アキは天才だな！」

「いえ、最初に発明したのは確かフランスのマオン元帥とかいう人で……」

「軍人が発明したのか？　それは勲章《くんしょう》ものだ」

ハロルドはさらに感心した。ひょっとしたら異世界でマヨラーを生み出してしまったかも……？

ともかく、まずは安全な卵を使って食事の改善を図ることにしよう。

料理が廃れてしまった世界でも、やっぱり人は美味しいものが好きなのだ。

第二話

◆

美食王の呪い

「――どうしてお肉に毒があるんですか？」

この世界での暮らしにもだいぶ慣れた頃、亜希はずっと疑問に思っていたことをハロルドに尋ねた。

リディアと三人での夕食後。本日のメニューも徹底的に茹でまくった出し殻のごとき肉とくたくたの根菜類《こんさいるい》がメインだ。

制限が多すぎるせいか、なかなかいい案が浮かばない。

ただ、マヨネーズを作るようになって生野菜が食べやすくなったため、いくらか食卓の彩りが増した。

味気ない肉でもソースをかければ美味しくなるのでは……と考えたのだが、肉を焼くことができないのでグレイビーソースは作れない。

煮汁を使えないのでデミグラスソースも不可。

結局、タマネギを弱火でじっくり炒めたものに赤ワインビネガーを加え塩コショウしたものをかけてみた。

亜希としてはいまひとつだったのだが、公爵家の兄妹には美味しいと好評だった。

味覚自体は大差ないようなのでハンバーグとか作りたいのだが、焼くと毒が増すと言われてはどうしようもない。ここは割り切って、湯掻いた挽き肉で作ってみるか……。

亜希の疑問にハロルドが眉根を寄せた。

「呪いだ」

「は？」

いきなり物騒《ぶっそう》な言葉が彼の口から発せられ、亜希は目を瞠った。

「呪い……？」

ハロルドは重々しく頷いた。彼の左手でリディアが溜息をつく。

「大昔の王様のせいなのよ」

「四百年前この地に栄えた帝国は、ありとあらゆる面で繁栄を極《きわ》めていた。その頃は食文化も豊かだったのだ。信じられないかもしれないが……」

確かに信じられない。

「もちろんその頃は食用となる肉類に毒など含まれていなかったし、家畜だけでなくさまざまな種類の鳥や獣が食べられていたという。パンも今よりずっと美味《うま》かったらしい」

絶頂期、〈美食王〉と呼ばれた皇帝がいた。

食に対する飽《あ》くなき探究心を持ち、さまざまな食材と調理法をすべて試し、新たに生み出した。

その影響で帝都には屋台から高級店までいろいろな種類の料理店が軒《のき》を連ねていたとい

う。

あまりに料理店が多いため、一般家庭も食事は外でするのがあたりまえだった。それぞれの懐具合《ふところぐあい》に応じた店がいくらでもあったのだ。

さまざまな食物が帝都にもたらされ、皇帝はありとあらゆる美食を満喫《まんきつ》した。皇帝を喜ばせるため、次々に新たな料理が生み出されていった。

そんなある日のこと——。

皇帝の誕生日と結婚祝いの大宴会が開かれた。廷臣と招待客に囲まれて皇帝がいつも以上の美食に舌鼓《したつづみ》を打っていると、どこから入り込んだのか、見慣れぬ老婆が現れた。

老婆はよろよろと皇帝に近づき、おなかが空《す》いているので食べ物を恵んでほしいと頼んだ。皇帝は老婆があまりに醜《みにく》いことを嫌い、叩き出せと兵士に命じた。あまつさえ老い先短いババアは残飯でも食ってろと暴言を吐いたのだ。

怒った老婆は杖を振り上げ、巨大な食卓に載っていた子牛の丸焼きを叩いた。

『これからは、肉という肉がおまえたちの毒となるであろう』

皇帝は激怒して愛刀《あいとう》を抜き放ち、老婆を斬り殺した。

まっぷたつになった老婆の身体は千羽の黒い鳥となって飛び去った。老婆は人ではなかったのだ。

剛毅《ごうき》な皇帝は哄笑《こうしょう》し、帝国に仇なす魔物を退治してやったとうそぶいた。廷臣と招待客は皇帝を褒めたたえた。

宴が再開されてすぐに異変は起こった。

肉料理、魚料理を食べた者が苦しみだしたのだ。皇帝自身も悶絶《もんぜつ》し、のたうち回った。

その日食べたものはすべて吐き出してしまった。

宴の参加者の半分が死んだ。そのなかには結婚したばかりの皇妃も含まれていた。生き残った者も一月近く下痢《げり》と嘔吐《おうと》に苦しんだ。

それは祝宴だけの出来事では済まなかった。

翌日から、肉や魚を食べた者全員が中毒症状を起こし、半数が死んだ。

帝国のすべての街で、村で、同時に同じことが起こった。その日から、肉も魚も食べられなくなった。

怒り狂った皇帝の命令でさまざまな調理法が試され、唯一、茹でこぼすことだけが無毒化できるとわかった。

〈美食王〉と呼ばれた皇帝に食べられる肉は、味気ない茹で肉だけになった。せめてソースをかけようとしても、ちょっとでも肉汁が入っていれば七転八倒の苦悶に襲われる。

使える調味料は塩、コショウ、お酢くらいなもの。

絶望した皇帝は宮廷料理人を全員処刑し、街の料理店を片っ端から潰した。料理書はすべて焚書《ふんしょ》にされた。

皇帝は肉や魚だけでなく、菓子類も不味くて食べられなくなった。それが自分だけの症状だと知ると、皇帝は激怒して街の菓子店を焼き払った。

家庭内での調理は許されたものの、以前から外食が習慣になっていたためどの家庭でも料理らしい料理はもはや作れなかった。

工夫したくても参考になる料理書はすでに失われていた。

茹で肉と生野菜しか食べられなくなっても皇帝は長生きした。呪いから七十年後、やっと皇帝が死んだ。

しかし人々の期待に反して呪いは解けなかった。そして七十年のあいだにプロの料理人は死に絶え、調理法も失われた。

「――そして今に至《いた》るというわけだ」

暗鬱《あんうつ》な声音でハロルドが長い話を締めくくった。

唖然と聞いていた亜希はしばし言葉も出なかった。

「……ひ、ひどいですね」

「まったくだわ」

リディアが眉を吊り上げて憤慨する。

「呪われた〈美食王〉のせいで、美味しい料理だけじゃなくその調理法まで失われてしまったのよ。パンがマズくなったのも帝王のせいらしいわ。自分が美味しく食べられないのに臣下が美味しいものを食べるのは許せないって。八つ当たりよね。今では美味しい食べ物といったら果物か蜂蜜くらい。いっそすべての食べ物がマズければ諦めもつくというか、そんなものかと思うでしょ？　でも、ちょっとは美味しいものがあるから、よけいに食事がマズくてつまらないのよ」

わかるわ、と亜希は頷いた。

乳幼児もレバーペーストしか知らないうちは素直に食べるけど、他の食品を与えるととたんに食べなくなるという話を聞いたことがある。

「少しずつ毒は薄まっている、という説もある。そういうことを公言して肉を焼いたり、ゆで汁を捨てずに飲んだりし始める者もいるが、しばらく経つとやはり腹痛や下痢を起こす。死にはしないから、確かに少しは薄まっているのかもしれないが……」

「でも、みんな怖いから、わざわざ試してみるのはよっぽどの変わり者よ」

「……あの。ポーチドエッグ……大丈夫ですよね……？」

こわごわ尋ねると、ふたりとも頷いた。

「何個も食べたがなんともない。あれは安全だ」

「その日にとれた卵だし、ゆで汁は使わないしね。それに、茹でたあと水に晒《さら》すでしょ」

ホッとした亜希は、別の調理法も試してみることにした。

まずは目玉焼き。焼くと毒が強まるというが、いちおう卵は無毒とされているし、万が一あたったところで死ぬことはないらしい。

まずは自分で試食し、屋敷の使用人から志願者を募《つの》って食べてもらう。驚いたことに使用人のほぼ全員が実験台に志願してきた。やはりみんな美味しいものが食べたいのだ。

数人で確かめて異常が出ないことがわかってからリディアとハロルドに目玉焼きを出した。この世界ではバターがとても美味しいので、塩をふっただけの目玉焼きも香《こう》ばしくて美味しいと大好評だった。

さらに、亜希は安全な茹で肉をバターで炒《いた》めることを思いついた。

茹でこぼしてあるから生肉から焼くような風味は出ないが、ただ塩コショウで食べるよりはずっといい。

このくらいのことならすぐに思いつきそうだが、工夫するという姿勢というか考え方そのものが、料理に関してはすっかり失われているのだ。

今まで塊のまま肉を茹でた後にスライスしていたのを、その前に薄切りにしてニンジンとインゲンを巻き、糸で縛って茹でてみた。それをオリーブオイルを熱した厚手鍋で炙《あぶ》って塩コショウしたのも喜ばれた。

この世界には『焼く』という調理法がほとんどなく、亜希はフライパンの図を描き、城の鍛冶屋に頼んで作ってもらった。

かまどは火加減の調節が難しいが、持ち上げて炎から遠ざけたり、五徳《ごとく》のような火格子《ひごうし》を作ってもらったりして懸命に工夫した。

鉄鍋はものすごく重いので、腕力のある男性使用人に手伝ってもらうことも多かった。

その後に美味しいものが食べられるとあって、みな喜んで協力してくれた。

茹でこぼした肉を改めて焼く、という調理法が可能だとわかり、料理の幅がぐんと広がった。

旨味の抜けてしまった肉を少しでも美味しく食べたい。

段々と調子の出てきた亜希が次に取り組んだのは『揚げる』だった。マズいパンを細かく切って乾燥させ、さらに砕いてパン粉にする。

やや厚切りにして茹でこぼし（残念ながらこれは必須）た豚肉に塩コショウして、溶き卵にくぐらせ、パン粉を付けて揚げる。

揚げ鍋などないから、ふだん茹で肉を作っている鍋を流用した。

「……やった！　トンカツの出来上がり～！」

もどきだけど、そこはまぁ置いといて。

トンカツソースはないので、千切りキャベツにはマヨネーズ。トンカツもどきにはレモンの絞り汁をかけた。

ハロルドもリディアも、トンカツもどきをすごく気に入り、美味しいと喜んで食べてくれた。

（やっぱり嬉しいよね。自分の作った料理を美味しいと言ってもらえるのは……）

にこにこと笑顔で食べている兄妹を見ていると、ほっこりと胸があたたかくなる。

たったひとり異世界に放り出され、帰れるあてもない。そんな不安が料理をすることでずいぶん薄くなった。

完全に消えはしなくても、自分がこの世界で誰かの役に立っているという実感は支えになる。

リディアはもちろん、いつも気難しげな顔つきのハロルドも、食事時になると期待をにじませていそいそと食堂にやってくる。

それが嬉しくて、亜希は工夫を凝らした。

皮から手作りして餃子もどきも作った。肉を下ゆでしなければならないのが手間というより残念なのだが、これはいたしかたないと割り切る。

いつしか亜希は公爵家の厨房を預かる身となっていた。

基本、自分をふくめて三人分作ればいいのでさほどの手間ではない。料理に興味のある召使いに手伝ってもらい、彼らに作り方を教えて賄《まかな》いは自分たちで作ってもらう。

一度美味しいものを食べたら彼らも自分たちで工夫するようになり、亜希のもとにはいろいろな食材が持ち込まれるようになった。

そのなかに、トマトに似た野菜があった。赤とオレンジがまだらになっていて、デコボコだらけの形はトマトというよりカボチャのよう。

かじってみると、日本で食べていたものよりずっと酸っぱかったが、確かにトマトの味だ。

現地での名前があるのだろうが、亜希には『トマト』に変換されて聞こえてしまう。どうやら知識にあるものと似ていれば、それに自動翻訳されるらしい。

この世界の人たちも同様で、砂糖、塩、などはそのまま通じるが、チョコレートなどこの世界にないものはそのままの音で伝わるようだ。

この世界では、トマトはざく切りにして他の野菜と混ぜてサラダとしてしか食べないという。そこで亜希は刻んだトマトを鍋で煮てタマネギを加え、ソースにしてみた。

茹でこぼした鶏肉、ジャガイモ（大粒のブドウくらいの大きさで色はさまざま）、ニンジン（黄色い）を加え、シチューにする。

味見すると、甘みがずっと増して食べやすくなっていた。これも兄妹に激賞され、次からは大鍋いっぱいに作って使用人たちにも食べてもらうことにした。

一度にたくさん作れることもあって、トマトシチューはすぐに定番メニューとなった。

「アキが料理するようになって、ここ、ずいぶん和《なご》やかになったわ」

次なる料理を試作する亜希を手伝いながら、シーラが言い出した。

「そう？」

「そうよー。旦那様も雰囲気がずいぶん穏やかになったわ。いつもむっつりしてて、機嫌がいいんだか悪いんだかさっぱりわからなくてね。執事でさえ、用があっても話しかけるのに一大決心が要ったのよ。最近はそうでもないってホッとしてたわ」

「親切な方だと思うけど……」

「それはみんなわかってるけど、なんとなく怖かったのよ！　臆《おく》せず話しかけられるのは妹君のリディア様とラウゴットじい様くらいだったんだから」

「ラウゴットさんと言えば……こないだ料理を褒められてびっくりしたわ」

相変わらず喧嘩《けんか》腰《ごし》というか、横柄ではあったが、『おぬしの作る料理は美味いぞ』と言ってくれた。

特別に亜希を敵視しているわけではなく、誰に対してもすぐ怒鳴るのだ。

その一方、部下に対する面倒見はよく、慕われるとまではいかなくてもけっして嫌われてはいなかった。

とにかく主人のハロルドとその妹に関しては、たいへんな忠義者《ちゅうぎもの》なのである。ちょっと扱いが難儀《なんぎ》な頑固老人といったところか。

「それより、今日は何を作るの？　大量にジャガイモを茹でてるけど」

「んー。コロッケが食べたいなぁと思って。どうにかソースも作れたし」

他にやることもないので、亜希は料理を作る一方で調味料づくりに励《はげ》んでいた。マヨネーズだけではやはり飽きる（おもに自分が）。

まず取り組んだのはウスターソース。揚げ物をするようになり、しばらくはレモンの絞り汁をかけたり、マヨネーズと卵でタルタルソースを作ったりしていたのだが、やはりソースをかけたくなった。

以前、手作りしたこともあり、試しに思い出せた材料を書き出してハロルドに頼んでみると、ほとんどのものを揃えることができた。さすが公爵様だ。

その際、ひとつわかったことがあった。亜希の書いたものをハロルドは読めない。日本語だから当然だ。

しかし亜希にはハロルドが書いた文字が読めたのである。

正確には、読めないのだが何故か意味がわかる。

それを知ったエアハルトは亜希にすでに使われていない言語で書かれた古文書を読ませた。するとそれも意味がわかったのだ。

マレビトの特殊能力らしい。

感激したエアハルトが亜希に研究を手伝ってほしいと言い出すと、料理を作る時間がなくなってしまうとハロルドは渋い顔をした。

彼は今や亜希の作る料理が楽しみで仕方がないのだ。

亜希としてはこの世界の文化にも興味があるので、時間があるときに手伝うことにした。

そんなこんなで亜希はある意味もとの世界より充実した生活を送っていた。

試行錯誤の末、ウスターソースも完成。改良の余地ありだが、なんとか合格点レベルのものにはなったと思う。

ソースをかけて食べるものといえば揚げ物。まずはトンカツもどきにかけて懐かしい味を堪能すると、次はコロッケが思い浮かんだ。

この世界にはジャガイモがある。大きさはずいぶん違うが、味は大体同じ。色は黄色やオレンジ、ピンク、紫とカラフルで、逆に白っぽいものはない。

ほぼまんまるで、直径は三センチ程度。茹でれば皮はするっと剥《む》ける。潰して小麦粉と混ぜ、団子状にして茹でて食べるのが一般的。

ためしに茹でるのではなく蒸してソースをかけてみて、それはそれで美味しかったのだが、やはりサクサク揚げたてコロッケが食べたい。

「ころっけ？」

シーラは不思議そうに首を傾げた。

「ジャガイモを潰して、挽き肉とタマネギと混ぜて、パン粉をつけて揚げるのよ」

「美味しそう！」

揚げ物好きなシーラは目を輝かせた。

「茹でたジャガイモを潰してもらえる？　塊が残らないように、念入りにね」

「まかせて！」

そのあいだにバターでタマネギをじっくり炒める。透きとおってきたところで茹でこぼした挽き肉を投入。

（ほんと、これが残念なのよね……。生からじっくり炒めたいけど）

焼くと毒が濃縮されるのでは諦めるしかない。たとえ美味しくできたとしても、後で腹痛を起こしたりお腹を壊しては困る。

自分だけならともかく、世話になっているハロルドやリディアに断じて危険なものは出せない。

（バターが美味しいから、それでいくらかでも相殺《そうさい》できれば）

ジャガイモもタマネギも、元の世界より味がしっかりしているのも救いだ。

タマネギと茹で挽き肉をざっと和えて火から下ろし、潰したジャガイモを入れて混ぜる。

あら熱が取れたら四等分して楕円形にまとめる。

ボゥルに溶き卵と小麦粉、水を入れて泡立て器でよ～く混ぜ、そこにくぐらせたたねにパン粉をつける。

鍋にオリーブオイルを温め、小麦粉をちょっと落としてしゅわっと広がるのを確かめて二個同時に揚げ始めた。

しゅわわわ～っと美味しそうな音が上がっただけで、シーラはごくりと唾を呑んだ。

頭の中で数を数えながら、こんがりときつね色になるのを待つ。

「……そろそろいいかな」

油を切り、残り二個も同様に揚げる。千切りのキャベツとともにお皿に盛りつけ、手作りソースを添える。

「さて、試食してみましょうか」

調理台の隅にシーラと並んで座り、いただきますと手を合わせる。シーラも真似して『イタダキマス』と呟いた。異世界流のお祈りだと思われているらしい。

シーラが期待と緊張の面持ちでコロッケにナイフを入れる。

「熱いから火傷《やけど》に気をつけてね」

「ん」

ドキドキしながら亜希はコロッケを口に運んだ。

うまくできたかな……？

からりと揚がった衣が、さくっと小気味《こきみ》よい音を立てる。バターがほんのり香る、ほくほくのジャガイモ。亜希の頬がゆるんだ。

（ああ、コロッケだぁ……！）

少し酸味が強めのソースとすごく合う。シーラも目を輝かせてコロッケを次々口に運んだ。

「美味しい！　ジャガイモがほっくほく！　イモ団子と全然食感が違う！」

ゆっくりじっくり味わっている亜希の隣で、シーラはあっというまにコロッケ二個と千切りキャベツを完食していた。

「どう？　食卓に出しても大丈夫かな？」

「もちろん！　旦那様もお嬢様も絶対お気に召すわ」

よかった、と二個めのコロッケに取りかかろうとしたとき。いきなりしわがれた悲鳴が上がった。

「そ、それは……！　コロッケではないか……!?」

驚いて顔を上げると、厨房にいつのまにか見知らぬ老人が立っていた。その後ろから、慌てた様子でシーラと同年代の少女が歩み寄る。

「おじいちゃん！　勝手に入っちゃだめよ」

「マリエル？　休暇で里帰りしてたんじゃないの？」

何度か調理の手伝いもしてくれた、メイドのマリエルだ。ふだんはおもに屋敷内の掃除を担当している。

少女は慌ててぴょこんと頭を下げた。

「ごめんなさい、アキさん！　実家に帰ったとき、アキさんの料理を真似して作ってみたんです。そうしたら、おじいちゃんがすごく驚いて。どうしてもアキさんに会いたいって言い張るものだから……。ごめんなさい」

ふたたび頭を下げられ、亜希は慌てて手を振った。

「そんな、別にいいわよ。気に入ってもらえたのなら嬉しいわ」

そう言って改めて老人の顔を見て亜希は驚いた。この世界では初めて見る、東洋人の顔だったのだ。

老人は愕然とした面持ちでコロッケを凝視している。

「……あ！　も、もしかして日本人ですか……!?」

「そ、そういうあんたこそ……」

老人は目をまんまるにして亜希を凝視し、「おおお……」と呻きながらゾンビみたいに両手を前に突きだしてヨロヨロと近づいてきた。

思わず後退ってしまうとマリエルが慌ててたしなめる。

「やめてよ、おじいちゃん！　それ怖いよ!?」

老人はハタと我に返って頭を下げた。

「す、すまん。日本人を見たのは五十年ぶりで……」

「五十年!?　そんなに長くこの世界に!?」

老人が目を潤《うる》ませながら頷くと、マリエルが不安そうに尋ねた。

「おじいちゃん、さっきから何語で喋ってるの？　ぜんぜんわかんないんだけど」

「わしはずっと日本語で喋っとるぞ」

「アキの言葉もいきなりわかんなくなったわ」

シーラも不思議そうに言う。どうやら日本人同士、日本語で喋っていると、自動翻訳回路(?)みたいなものがオフになるようだ。

「わしはこの世界に来てからずーっと日本語で通しとるんだが」

老人も首を傾げた。

「わたしもです。それで通じちゃうので。不思議ですよね、どうなってるんだか」

「うむ。そ、それよりあんたの作っとるそれは……コロッケじゃな?」

「そうです……けど……。あ、あのよかったら召し上がります? これはまだ手を付けてませんし」

「食べかけだろうと喜んでいただくぞ!」

亜希は老人に席を譲り、新しいフォークを渡した。

「ぬっ!? これはもしやソースでは!?」

「あ、はい。手作りしてみました。改良の余地ありですけど」

老人は緊張の面持ちでコロッケにソースを垂らし、半分に切ってフォークに突き刺したコロッケをしみじみと眺めた。

「おお……、なつかしい香り……! 記憶にあるより黄色っぽいが、まさしくコロッケとソースじゃ……！」

老人はばくりとコロッケに食いつき、サクサクはむはむと一心に咀嚼した。そしてごっくんと喉を鳴らして呑み込み、くぅぅ……とフォークを握りしめる。

「美味いっ！」

ぱあっと顔を輝かせ、瞳をキラキラさせて老人は叫んだ。そして残り半分に猛然と取りかかったのだが、そこでハッと動きを止めた。

「マリエル。おまえもお食べ」

そう言って笑顔で皿を孫に押しやる。

「えっ、いいよ。おじいちゃん食べて。好きなんでしょ？」

「ああ、故郷でよく食べたもんじゃ。部活帰りにみんなでなぁ。おまえにも、わしの故郷の味を知ってもらいたいんじゃよ」

「そ、それじゃ半分こしよ」

マリエルは残りのコロッケをさらに半分にして一切れを口に運んだ。

「あっ……！」

「美味いか」

「うん！　美味しい！　この酸味のあるソースとすごく合うね」

にこにこしているふたりを見ると、亜希はもっとコロッケを食べさせてあげたくなった。

ふたりで一枚なんて少なすぎる。いや、せつなすぎる。

「あの。よかったら、もっと作りましょうか？」

「い、いいのか!?」

すごい食いつきだ。押され気味に亜希は頷いた。

「少し待っていていただければ……」

「もちろん待つとも。そもそもあんたに会いにきたわけだしな」

そういえば、さっきマリエルがそんなことを言っていたような。

「下ごしらえはわたしがするから、そのあいだお話ししてたら？」

シーラの言葉に甘え、ジャガイモを潰すところまでは任せて老人と並んで座る。

マリエルが麦茶を出してくれて、彼女はシーラを手伝い始めた。

「この世界に来て初めて麦茶を飲んだときも、今みたいに懐かしくて涙が出たよ」

しみじみと呟く老人に亜希も頷いた。

「わたしもです」

「おっと、挨拶が後回しになってしまったな。わしは白崎尚斗《しらさきなおと》という」

「鳴沢亜希です」

ぺこりと互いに頭を下げる。

「亜希さんはいつここへ？」

「一カ月くらい前です。駅の階段から落ちて……次の瞬間、ハロルドさん――コンシダイン公爵にぶつかってて。暗殺者と疑われて牢屋に入れられてしまいました。すぐに出してもらえましたけど」

「それは難義だったなぁ」

「白崎さんは？」

「乗ってたバスが崖下に転落したんだ。大雨でスリップしてな」

「ええ!?　それじゃバスごと？」

「いや、友人三人とわしだけ、気付いたらこの世界に来ておった」

亜希と違って誰かにぶつかることなく、ドサドサと互いに折り重なって落ちたという。場所はアシュリア王国ではなく、南方の隣国ヤーノルドの山の中。

右も左もわからず、とにかく人家を探そうと歩いていたら、山賊に襲われている人を見かけて加勢した。

彼らは高校の剣道部員で、遠征試合の帰り。それぞれ愛用の竹刀も一緒に転移していた。

彼らの加勢で山賊を撃退できた旅商人は喜び、事情を聞くと太っ腹にも四人まとめて面倒みようと言ってくれた。

「そこで初めて、自分たちがいる場所が日本ではないことを知ったんじゃ」

白崎老人は溜息をついた。

日本どころか、地球ですらなかった。どうやって来たのか、どうやって戻ればいいのかもわかない。

四人は大きなショックを受けたが、まだ十七歳の高校生だったので立ち直るのも早かった。

四人とも全国大会で入賞するくらいの実力者だったこともあり、商人は用心棒として彼らを雇い、衣食住の面倒をみるだけでなく、給金も払ってくれたという。

「その人はヤーノルドの商業ギルドの代表でな。いい人に巡り逢えて本当にラッキーだったとみんなでよく話したもんだ。——ただ、ひとつだけおかしなことがあってなぁ」

「なんですか？」

「言葉じゃよ。わしだけが、この世界の言葉を話せた。いや、話せたのではなく理解できた、というべきか」

「あっ……。それ、わたしもです。日本語を喋ってるのに何故か通じるんですよね。こっちの人が喋ってるのも全部日本語に聞こえるし。マレビトなら全員そうなんじゃないんですか？」

「四人のなかではわしだけだった。それで、こっちの人の話を聞けたし、自分たちの事情を説明することもできて、ずいぶん助かったものだ。全然話が通じなかったら、どうなっていたことやら」

そうですね、と亜希は頷いた。

「当時はちょっと得意になったもんじゃよ。学校の成績では、わしが一番悪かったもんだから」

「他の三人は、全然通じなかった？」

「ああ、聞いたこともない言葉だと言ってたな。まぁ、わしらにわかるのは簡単な英語くらいなもんだったが……。わしが通訳して、後は身振り手振りで」

「通訳してもらえたなら、少しずつでも覚えられましたよね」

「それが、全然だったな」

「え」

「それに、二か月と経たぬうちに三人とも消えてしまった」

「消えた……!?」

「ああ。ある朝、姿が見えんので捜したが、どこにもいなかった。ベッドには寝た跡があった……というか、就寝《しゅうしん》したときのままだった。寝ている間に消えてしまったとしか思えん」

「それって、つまり……？」

「ああ、元の世界に戻った……のではないかと思う」

「三人一緒にですか!?」

「いや、数日おきにひとりずつだ。一週間ほどで三人が消え、次はいよいよ自分だとわくわくしながら待ったよ。ところがいつまでたっても『その日』は来なかった。目覚めるたびに、天井を見上げてがっかりしたもんだ。――結局、そのまま五十年経ってしまった。今では、この世界で死ねば、向こうに帰れるんじゃないかと期待しとるよ」

苦笑する老人に絶句していた亜希はシーラの呼び声でハッとした。

「アキ。ジャガイモつぶしたよー」

「タマネギと挽き肉も炒めました」

手伝っていたマリエルも声を上げる。亜希は気を取り直して立ち上がった。

「それじゃ、コロッケ作りますね。あつあつのをぜひ召し上がっていってください」

「ああ、ありがとう」

うちでも作りたいというマリエルに説明しながらもう一度コロッケを作る。おみやげにしてもらおうと、今度は量を倍にした。

揚げたてあつあつコロッケを白崎老人とマリエルに味わってもらう間に、残りのコロッケでコロッケサンドを作る。

バターを塗った丸パンに切れ目を入れ、ソースをたっぷり塗ったコロッケとキャベツを挟んだ。ラップや紙ナプキンのような便利なものはないので、清潔なリネンで包む。

「ごちそうさま。本当に美味しかったよ」

老人が深々と頭を下げる。

「そう言っていただけて嬉しいです。パンに挟んだものを作りましたので、どうぞお持ちください」

「おお、コロッケパンか。懐かしいなぁ」

「あっ、数足りるかしら？　四つしかないんですけど」

「わけっこするから大丈夫です！　作り方も教えてもらったし」

マリエルがにっこりする。

「五十年ぶりに日本人に会えて嬉しいよ。最近の日本のことを聞きたかったのだが、久しぶりのコロッケで胸がいっぱいになってしまった。また改めて話をしに来てもいいかな」

「もちろんです！　よかったらごはん食べに来てください」

ありがとう、と老人が目を潤ませる。

ふと、さっきの話が気になって亜希は尋ねた。

「あの……。白崎さんがこの世界に残られた理由……って、何か思い当たることありますか？」

「……そうだな。理由はわからんが、原因はわかるような気がする」

「理由じゃなく、原因……ですか？」

「言葉じゃよ」

きょとんとする亜希に老人はためらいながら答えた。

「言葉？」

「一緒に転移した四人のうち、わしだけがこの世界の言葉を理解し、話すことができた。正確には、わしが喋ってるのはずっと日本語だけだし、この世界のどの国の言葉も日本語に聞こえる。他の三人には、この世界の言葉はまったく理解不能だった。消えた三人が、元の世界に戻ったのだとしたら……、それは彼らがこの世界から弾《はじ》かれた……ということかもしれん」

「世界から、弾かれた……？」

「逆にわしは取り込まれたわけだな。それで言葉がわかるのではないか……と思うんだ。どういう仕組みで言葉が日本語に変換されて聞こえるのかはさっぱりわからんが」

「そ、それじゃ……、わたしもこの世界に取り込まれちゃったってこと……!?　二度と戻れないってことですか!?」

「二度と戻れないかどうかまではわからん。ただ、戻れるとしても相当な時間がかかるのではないかな？　少なくともわしは五十年経ってもまだ帰れん。ま、こちらに家族もできたし、年も食ったたし、もはやこの世界に骨を埋めるつもりだ」

「そ、そう……ですか……」

「アキ、どうしたの？」

愕然とする亜希に、心配そうにシーラが声をかける。マリエルも同じような表情で亜希と祖父を窺っていた。

(ふたりには、わたしたちの言葉がわからないんだわ)

亜希は思い出した。マレビト同士の会話は、この世界のネイティブには理解できないのだ。

「……な、なんでもない」

我に返って笑顔を取り繕う。亜希自身、まだ混乱していた。

白崎老人とマリエルが帰っていくと、亜希はちょっと休むと言って自室に戻った。

ベッドに腰を下ろし、すぐにまた立ち上がって部屋をうろうろと歩き回る。

「二度と帰れないなんて……。まさか、そんなのありえないよ！」

来たからには帰れるはず。

ずっとそう思っていた。いつか絶対帰れる——そう遠くない日に——。

そう信じていたから、この世界での生活をバカンスだと思ってできるだけ楽しもうと前向きに考えることもできたのだ。

でも、必ず帰れるという保証などあるわけがない。

「もう一度、階段から落ちたら元の世界に戻れるのかな……」

階段でなくてもいい。

白崎老人はバスごと崖下に転落したと言っていた。バスに何人乗っていたのかわからないが、異世界転移したのは彼を含めて四人だけ。

「落ちればいいってわけでもないのよね」

亜希は溜息をついた。

それに、この世界に『落ちて』来たのなら、元の世界に戻るには『昇る』ことが必要なのかもしれない。

「……昇る？」

亜希は空から落ちてきた。帰るために空に昇るとしたら。

――昇天？

「やっぱり死ねば帰れるのかも⁉」

思わず亜希は叫んだ。

というか、死ななきゃ戻れないんじゃ……？

白崎老人の友人は寝ている間になんらかの原因で亡くなったのかもしれない。心臓発作とか。

「そ、そうよ。言葉が通じたら帰れないなんてこと、あるわけないわ」

引き攣り笑いをしながら自分に言い聞かせるも、疑わしいのは亜希自身がよくわかっている。

結局、晩ごはんの支度をする時間になるまで、亜希は檻に入れられた動物のごとく室内をぐるぐるしていた。

その夜のメニューはキャベツときのこのスープにカボチャのサラダ。メインは茹でこぼした豚肉に削ったチーズとパン粉をまぶし、オリーブオイルでカリッと揚げ焼きにしたもの。

嬉しそうに口に運んでいたリディアとハロルドだったが、いつになく亜希が沈んでいることにすぐに気付いた。

「どうしたの、アキ？　何か心配事でも？」

「えっ……。ううん、別に……」

「そういえば、客人があったそうだな」

ハロルドの問いに亜希は頷いた。

「メイドのマリエルのお祖父さんで……わたしと同じマレビトだったんです」

「何？」

「まぁっ」

ハロルドとリディアが目を瞠る。ふたりとも初耳らしい。

「しかも、わたしと同じ日本人で……」

「知らなかったわ」

「そんな身近にマレビトがいたとは」

「知られていないだけで、案外たくさんのマレビトがこの世界を訪れているのかもしれないわね」

興味深そうに頷いたリディアは、亜希の沈んだ様子に眉をひそめた。

「同郷人に出会ったのに浮かない顔ね。イヤなことでも言われたの？」

「イヤなことというか……」

そこで白崎老人から聞いたことを話すとふたりはとまどった顔を見合わせた。

「この世界で死なないと帰れない、というのはずいぶん極端な考えだと思うけど……」

「消えた三人が元の世界に戻ったという確証はないのだろう？」

「それはそうなんですけど……」

「また別の世界に行っちゃったのかもしれないわよ？」

真顔で言い出したリディアをハロルドが叱る。

「当てずっぽうを言うものではない。アキが怖がっているではないか」

「あっ、ごめんなさい！　脅《おど》かすつもりじゃなかったのよ」

いいのよ、と亜希は苦笑した。もしかしたらリディアの言うとおりかもしれない。

リディアは悲しそうな顔で呟いた。

「アキが帰っちゃったら寂しいわ。せっかくアキのおかげで毎日のごはんが楽しみになったのに……」

「こら。アキが困っているではないか」

たしなめられたリディアは兄を睨んだ。

「お兄様だって、アキが作ってくれる料理が楽しみでしかたないくせに！　この頃、晩餐《ばんさん》前になるとそわそわしてるわよ」

うっ、と詰まったハロルドの顔がうっすら赤くなる。

彼はごまかすように咳払いをした。

「そ、それはそうなのだが。しかし、アキにはアキの本来の暮らしというものがあろう。帰りたいと思うのは当然だ。おまえだってまったく知らない世界にいきなり飛ばされたら、なんとしても帰りたいと思うだろう？」

「アキの世界に行けたら帰って来ないわよ」

「何を言う!?」

「だって、アキのいた世界には美味しいものがた〜っくさんあるんでしょ？『ちょこれぇと』だけで何種類もあるんですって。それに、お肉に毒がないから、これまでにアキが作ってくれた料理が何倍も美味しいそうよ」

うっとりと頬を染めてリディアが言うと、ハロルドは涎《よだれ》を垂らしそうな顔をした。

「こ、これの何倍も美味い……？」

「ねぇ、アキ。帰るときはわたしも連れていってね」

「そ、そういうわけには」

「いかん！　いかんぞ、リディア。おまえはまだ子どもだ」

「じゃあ、アキ、わたしが大人になるまで帰るのは待ってよ」

「え」

　無茶言うんじゃないとたしなめるハロルドと、むくれるリディアを見て、亜希はひどく落ち着かない気分になった。

（も、もしかしてわたし、この世界に馴染《なじ》んじゃってる……!?）

　思いがけずやって来たバカンス先――みたいな感覚だったのが、この世界の料理のあまりのマズさに自分で作り始めると、予想外に喜ばれて。

　美味しそうに、幸せそうに食べてくれるハロルドやリディア、公爵家で働く人々を見ていると、何かもっと自分にできることはないかと考え始めて。

　それが、思いのほか楽しくて――。

　もしかしたら白崎老人もそんなふうに過ごすうちに、気がつけば五十年経ってしまっていたのかもしれない。

（この世界で五十年過ごして、いきなり戻されたりしたら……!?）

「そ、そんなの困るわ！」

焦って叫ぶとリディアがしょんぼりした。

「ごめんなさい、そうよね」

「えっ？　——あ、いや、その……」

リディアを連れて行きたくないというわけではないのだが、連れて行くわけにもいかないし……!?

わたわたしていると、ハロルドがいつもの謹厳な顔で言った。

「アキ。元の世界に帰りたいという気持ちは当然だと思う。帰る術《すべ》があって、アキが帰りたいならいつでも帰っていい。……もちろん、アキがいなくなるのは、その、ざ、残念なのだが……」

「そ、そうですね、いついなくなるかわからないし、レシピを残しておきますね！」

「いや、そういう意味では……」

「あっ、わたしの書いた文字、読めないんでしたっけ。口述筆記してもらったほうがいいですよね」

噛み合わない会話を交わすふたりを横目で見て、リディアが溜息をついた。

それ以来、亜希は不安を紛らすかのように料理の記録を付け始めた。文字が読めなくてもわかるように図解にし、シーラたちに説明を書き取ってもらう。いつ消えてもいいように準備万端整えるも、消えることなく十日が過ぎた。シーラなどは、もう諦めてずっとこっちにいなさいよ、と言っている。もちろん好意からなのはわかっているが、そう簡単に諦められるわけもない。

白崎老人とはあれから二回会った。日本での出来事を話していてすぐにわかったのだが、彼は亜希より年下——というか、後の生まれだった。

彼がバスごと転落した日は亜希が階段から落ちたのと同日、ほぼ同時刻だ。ただ、白崎老人は亜希より五十年前のこの世界に転移したのだ。

「えっ……。ということは、元の世界では白崎さんはわたしより十歳下……ってこと!?」

「そうなるな」

白崎老人は眉をひそめて頷いた。

「まぁ、こっちで五十年過ごしたから実質的には亜希さんを追い越してしまったわけだが」

「元の世界では同時に『落ち』ても、こっちの世界に出てきた時間が違った……ってことですか」

「理由はわからんが……。もしかしたら、あの時刻にふたつの世界が一瞬だけ交差したのかもしれん。そのときに時空がゆがんだか、ねじれたかしたのではないかな」

白崎老人が帰った後、亜希が厨房で下ごしらえをしながら考え込んでいると、エアハルトがひょっこりと顔を出した。

「アキさん、ちょっといいですか」

「あ、はい。なんでしょう？」

「お話ししたいことがあるので、閣下の書斎に……」

連れ立って廊下を歩きながらふと亜希は尋ねた。

「そういえばエアハルトさん、最近お見かけしませんでしたね」

「王都の古文書館で調べ物をしていました。シラサキ氏からの聞き取り調査を裏付ける資料がないかと、未整理のまま書庫に埋もれていた膨大な古文書を引っかき回して」

あまり寝てないらしく、エアハルトの目の下には青黒いくまができ、こころなしか頬が削《そ》げた気も……。何か栄養のつくものを作ってあげないと。

ナオト・シラサキがマレビトだということは誰も知らなかった。

本人も、自分が『マレビト』と呼ばれる存在であることを知らずにいた。珍しい名前も、単に外国生まれゆえと思われていたらしい。

エアハルトは彼を訪ねていって、これまでの経緯を詳細に聞き取ってきた。

白崎氏もこれまで伏せていたことを堂々と話せてホッとしたようだ。

彼は隠居《いんきょ》の身で暇だったので、エアハルトの蔵書の翻訳を手伝っている。すでに廃れた古語で書かれたものも、亜希同様白崎氏もすらすら読めたのだ。

ただ、彼が書く文字は日本語なので亜希しか読めず、彼が読み上げるのをエアハルトが現代アシュリア語で書き留める、という作業を地道に行なっている。

「何か収穫はありました？」

なんの気なしに尋ねると、エアハルトは眉を曇らせて曖昧《あいまい》に頷いた。

「ええ、まぁ……」

どうしたのかしらと怪訝に思っているうちにハロルドの書斎に着いた。

「話とはなんだ？」

巨大な執務机の向こうからハロルドが尋ねる。机の前には椅子がふたつ置かれており、それぞれに亜希とエアハルトは腰を下ろした。

エアハルトは少しためらった様子で咳払いをした。

「マレビトについて、新たに判明したことがあります」

「なんですか!?　――あっ、すみません」

焦って身を乗り出してしまい、亜希は顔を赤らめた。

ハロルドは苦笑してかぶりを振った。

「いや、当然だ。――で？　何がわかった？　いい知らせか」

「残念ながら……」

憂鬱《ゆううつ》そうに首を振るエアハルトの姿に、急上昇した亜希の期待が急下降する。

「シラサキ氏からの聞き取りを元に、もう一度記録を洗い直してみたところ、彼の推測はどうやら当たっているようです」

「推測って……。やっぱり死ななきゃ帰れないんですか⁉」

亜希に詰め寄られ、エアハルトは焦ってかぶりを振った。

「いやいや、そうではなく！　言葉の問題です」

「言葉……」

「シラサキ氏は友人三人とともにこの世界に転移しましたが、言葉が通じたのは彼だけでした。彼だけが、母語を喋っているにもかかわらず意思の疎通《そつう》ができたのです。アキさんもそれは同じですね」

「ええ……」

厭《いや》な予感にぞくっとしながら亜希は頷いた。

「マレビトのなかには、この世界に定住した者と消えた者がいる。消息不明になった人たちが全員、元の世界に戻ったのかどうかはわかりません。ですが、比較的短期間にいなくなったという記録のあるマレビトは全員、言葉が通じなかったと記述されています」

「――逆に言えば、言葉が通じたマレビトは元の世界に戻らなかった可能性が高い……ということか」

　ハロルドの問いにエアハルトが頷く。

「そうなりますね。彼らはこの世界ではどこへ行っても言葉が通じるため、一か所に留まる必要性が薄かったのかもしれません。それで、途中で記録が途切れているパターンが多いのではないでしょうか」

　亜希は呆然とした。

「そんな……。それじゃ、わたしも二度と元の世界に戻れない……ってこと……!?」

「たぶん……」

　気の毒そうにエアハルトが頷くや否《いな》や、亜希は書斎から飛び出した。

「アキっ」

　ハロルドが焦って呼んだが、亜希は足を止めることなく自室へ駆け込んで鍵をかけた。

　そのままベッドに身を投げ出し、感情が込み上げるまま大声で泣き始める。

　ハロルドたちがやって来て、ドアを叩いては慰めたが、返事をすることすらできなかった。

　彼らは全員、ずっとここにいていいとか、むしろずっといてくれたほうが嬉しいと言ってくれた。

　真摯で優しい言葉さえ聞くのがつらくて、亜希はふとんをかぶって丸くなった。

厨房に行く気にもなれず、泣き疲れてそのうち眠ってしまった。

目覚めると、辺りはもう真っ暗だった。

窓から差し込む月明かりを頼りに廊下に出て、常夜灯から火をもらって蝋燭《ろうそく》をつける。

ふと振り向いて、亜希はドアの側に小さなテーブルが置かれていることに気付いた。上に何か載っている。

近づいてみるとそれはふきんをかけたトレイだった。夕食に出された料理が取り分けられている。

茹でこぼした味気ない鶏肉と煮すぎてぐちゃぐちゃになったほうれん草、固い丸パン。

久々の、不毛なる異世界料理。いろいろとレシピを伝えたのに、またこれ……？　と脱力しつつ、お腹が空いたのでトレイを持って部屋に戻った。

「……マズ」

冷めきっているせいでますます美味しくない。いくらお腹が減っていても、到底食べる気になれなかった。

温めなおせばいくらかマシかも……と思いつき、亜希は厨房へ行った。

「電子レンジがあればラクなのになぁ」

電子レンジもガスこんろもないこの世界で、よくやったよね……と自分をなぐさめる。

なにせ一から火をおこすのも大変なのだから。

さいわい公爵家は裕福なので、何か所かに常夜灯があるし、質のよい木炭も豊富に使える。

灰のなかの燃えさしから火を取って、かまどを温めた。どうせなら少しでも美味しくしようと、ハーブをガーゼで包んだもので出汁をとることにする。

お湯が沸くのを待つ間、何か追加できる食材はないかと捜しているうちに、氷室で牛肉の塊を見つけた。

亜希が厨房にいたときにはなかったはずだから、その後で誰か持ってきたのだろう。そういえば少し前に、牛を一頭つぶすとハロルドが言ってたっけ。

「これは……肩ロースかな」

この世界の牛は三日月形の長い角を生やした黒毛の牛で、食材としてはかなり高級な部類だが貴族階級では日常的に食べられている。

日本で生活していたら、こんな豪勢な塊肉はなかなか手が出ない。

「どんなに高級なお肉だろうと結局、茹でて塩振って食べるだけなんだもんね。ほんと、もったいない」

毒抜きしないと食べられないのだから仕方がないとはいえ、返す返すも残念でならない。

「……本当に毒があるのかしら」

思い切って肉に鼻を近づけ、ふんふんと匂いをかいでみる。

「う〜ん……。生肉の匂いしかしないけど」

無味無臭の毒かもしれない。

「……そうだわ。毒にあたって死ねば元の世界に戻れるかも」

自分で言っておいて、だいぶヤバイ精神状態だな……と頭の片隅で思う。二度と元の世界に戻れないと聞いて、自暴自棄《ヤケクソ》になっているに違いない。

「こんな出涸《でが》らし料理の世界で一生過ごすなんて、まっぴらごめんよ」

ふんっ、と亜希は荒い鼻息をついた。

いくら工夫したって限界がある。どうせなら美味しいものを食べて死のう。

そうよ、死んで元の世界に帰れなくても、死んじゃったらどうせわからないんだし！

わけのわからない決意を込めて亜希はぐっと拳を握った。

「ビーフシチューを作ろう！」

材料は、ある。

まず、肉。高級肩ロースがたっぷりと。

タマネギ、ニンジン、マッシュルーム。

ニンニクとローリエ。

「赤ワインもあるし、手作りしたウスターソースとトマトケチャップもある。——よしっ、これなら作れるわ」

かまどでフライパンを熱し、塩コショウした牛肉に小麦粉を薄くまぶして両面をこんがりと焼く。こうばしい香りに亜希はうっとりした。

「やっぱり肉は焼くのが一番よ」

焼いたら毒が濃縮するそうだが、食べて死ぬつもりで作っているのだからそのほうがいっそ好都合だ。

「そうよ、美味しいものをお腹いっぱい食べて死ぬのよ……ふふ……ふふふ……」

完全に危ない人になっている。

肉の表面がこんがり焼けたところでニンニクとローリエ、野菜からとった出汁スープを加えて火にかける。

煮立ったらあくを取って十五分ほど煮込む。

そのあいだにニンジンとタマネギを一口大に切る。小粒ジャガイモは皮つきのまま使うことにした。

ニンジンとジャガイモを加えたら蓋をして、さらに三十分ほど煮込む。

それからタマネギを加え、赤ワイン、バター、ウスターソース、ケチャップで味をつけ、ときどきかき混ぜながらさらに十五分。

なつかしいビーフシチューの香りが真夜中の厨房に立ち込めた。

調理台を片づけ、お皿に盛りつけて椅子に座る。

湯気がくゆり立つビーフシチューを、亜希はじっと見つめた。

……美味しければ、いい。

たとえ死んでも……！

ぐっとスプーンを握りしめ、亜希はシチューをすくった。

何はともあれまずは肉だ。作っているあいだにだいぶ正気に戻ったので少し怖かったが、えいやっと口に放り込む。

ぎゅっと目を閉じて一心不乱に咀嚼し、ごくりと飲み下して亜希は呆然とした。

「お……美味しい……！」

これまでに何度も作ったことがあるが、これは段違いの美味しさだ。

まず肉がいい！　さすが公爵家の食材。

タマネギもニンジンもほどよく煮込まれ、赤ワインで風味とコクが加わって味わい深い。

「う～ん。これならお店で出せるわ～」

悦に入った亜希は、うきうきとお代わりをした。いつのまにか毒のことなどすっかり頭から飛んでいる。

そこへ、不審そうな声がした。

「アキ？　こんな夜更《よふ》けに何を――食べているのだ⁉」

寝間着の上からガウンをまとい、燭台を手にしたハロルドは、亜希が何か食べているとわかるやいなや目の色を変えた。

「ビーフシチューです」

一瞬ウッとなったが、開き直って堂々と答える。

「びぃふしちゅう……!?」

歩み寄ったハロルドは、空になった皿を見てゴクリと喉を鳴らした。

「何やらかいだこともないいい匂いがすると思えば……これか！　新作料理の試食か？　何もこんな夜中にしなくとも……いや、それより俺にも試食させてくれ」

「だめです」

ぴしゃりと言われてハロルドは鼻白んだ。

「なぜだ……？」

「肉を焼きましたから」

淡々と答えると、ハロルドはぽかんと口を半開きにした。

「や、焼いただと……？　肉を……？」

「表面をこんがり焼いて、旨味と風味を封じ込めるんですよ。それを野菜からとった出汁スープに調味料と一緒に入れてぐつぐつ煮込むんです」

「煮込む……!?　ま、まさか煮汁も飲むのか!?」

「シチューですから」

当然です、と応じるとハロルドは蒼白になった。

「肉は焼くと毒が濃縮するんだぞ!?　吐け！　今すぐ吐き出すんだっ」

「い・や・で・す！」

厭味に強調した上に、亜希はハロルドに向かってあかんベーをした。

「アキ……。ひょっとして酔ってるのか?」

ハロルドはワインボトルを横目で見た。ビーフシチューの風味付けに使ったワインの残りを、亜希はすでにほとんど呑み尽くしていた。使ったぶんより残りのほうが多かったのだが。

「いいじゃないれすか、最後の晩餐なんらから」

「いや、好きに飲んでもらってかまわないのだが……」

「さっすが公爵様！　太っ腹れすね～」

酔いが回ってきた亜希はヘラヘラ笑いながら、残ったワインをドボドボと注いだ。ハロルドはスツールを持ってくると亜希の傍らに座り、真剣に顔を覗き込んだ。

「アキ。本当に焼いた肉を食ったのか」

「焼いて煮込んら肉れす。はぁ、おいひかった～。もう死んれもいいれす。死んれ日本に帰りまひゅ」

急激に酔いが回ってきて、もはや完全に呂律が怪しい。亜希は皿を持ってふらふらと立ち上がった。

「れんむ、らべちゃお～……」

鍋に残ったビーフシチューをすくおうとしてふらついた亜希と、取り落としそうになった皿をハロルドが慌てて支える。

「アキ⁉　おいっ、しっかりしろ！」

喉に指を突っ込んで無理やり吐かせるか⁉　とハロルドが決心した瞬間。

すぅぅぅ～と大きな寝息がした。

ビーフシチューでお腹いっぱいになった上にワインで酔っぱらった亜希は、ハロルドの広い胸板にもたれて爆睡《ばくすい》していた。


翌朝。

亜希は盛大なる頭痛とともに目覚めた。

「いっ……、たぁ……！　なんでこんなに頭がガンガンするの……⁉」

「飲みすぎだ。ふだんあまり飲まないくせに、ボトル一本あけたりするから」

いきなりすぐ側でまじめくさった声がして跳ね起きる。

「ハ、ハロルドさん……⁉　ここで何して……あいたたた！」

「そうそう、えっ……と……。確か、真夜中にこっそりビーフシチューを作ってて……。そうそう、二度と元の世界に戻れないと聞いて自暴自棄《ヤケクソ》になって」

変な時間にふて寝をしたら、真夜中に目が覚めてしまったのだ。

「自棄《やけ》を起こしてはいかん。死んだら終わりだぞ？　生きている限り希望は持てるものだ」

きまじめな口調に、しゅんとうなだれた亜希だったが、すぐに異変に気付いた。

「えっ……!?　なんでわたし生きてるの!?」

焼いたうえじっくり煮込んだ肉をお腹いっぱい食べたというのに。

呆然とする亜希にハロルドが心配そうに尋ねた。

「気分はどうだ？　腹は痛くないか？」

「痛いのは頭です……」

「それは二日酔いだ」

「うぅ……」

ガンガンする頭を押さえて呻くと、ハロルドが親切に水の入ったグラスを手渡してくれた。水を飲み干して亜希は溜息をついた。

「どうして死んでないんでしょう……？」

「焼いた肉を食ったというのは本当なのか？　あのときアキはずいぶん酔っていたしな」

「本当です。最後においしいものをお腹いっぱい食べて死のうと」

「死んだら元の世界に戻れると信じているのか？」

「……わかりません。でもあのときは、諦めるくらいなら、いっそ死んでみようかと。自分でも変だと今では思いますけど……」

ハロルドは眉間にしわを寄せて嘆息した。

「よほどのショックを受けたのだな。無理もないが。――アキ」

いきなりぎゅっと手を掴まれて心臓が跳ねる。

ハロルドが水色の瞳に真剣な表情を浮かべてじっと顔を覗き込んだ。ごつめではあれ彼が相当なイケメンであることを改めて意識して、ドキドキしてしまう。

「もう二度と、こんな無茶はしないでほしい。不安だろうが、俺が責任を持って一生面倒見るから心配いらない」

「い、一生って……」

それではまるでプロポーズではないですか……!?

「こ、光栄……というかありがたいですけど、別にハロルドさんに責任があるわけじゃ……」

「ともかく、衣食住については心配しなくていい。ずっとうちにいてくれていいんだ。リディアもアキに懐いている。あれで実はけっこうきつい性格でな……。これまでに何度も家庭教師をクビにしているのだ。しかしアキのことは姉のように慕っている」

「あ……ありがとう……ございます……」

真摯な口調に目頭が熱くなって、亜希はぺこりと頭を下げた。

今になれば馬鹿なことをしてしまったと反省しきりだ。

もし自分が死んでいたら、ハロルドやリディアがどんなに悲しんだか……。気が転倒していたにせよ、やはりちょっと――いや、かなりおかしくなっていたに違いない。

「それにしても、何事もなくて本当によかった」

ハロルドの言葉に疑問がふたたび頭をもたげる。

「どうして何も起こらないんでしょう？　わたしが異世界人だから……？」

「その可能性はある。アキが作っていたあれ……『ぴぃふしちゅう』だったか？　実は俺も少し舐めてみたのだ。実に美味かったぞ」

「ええっ、毒ですよあれ!?　大丈夫なんですか!?」

「それが不思議なことになんともない」

亜希はホッと胸をなでおろした。

「よかった……。舐めたくらいなら大丈夫なんですね……？」

ふと、ハロルドの様子が妙に落ち着かないことに気付いて首を傾げる。

「どうかしました？」

「いや……実は……。一舐めしたらあまりに美味くてな……。昨今は毒に当たっても腹痛か下痢で済むことだし、もう一舐めくらい……と」

「……！　ま、まさか……」

「気がついたら、鍋に残っていたのを全部食べてしまっていたのだ」

「ええーっ!?」

恥ずかしそうに頬を染めるハロルドをまじまじと眺め、亜希は口許を引き攣らせた。

すでに半分以上が亜希の胃袋に収まっていたとはいえ、一口や二口では終わらないくらいの量は残っていたはずだ。

「そ……それで……大丈夫なんですか……!?」

「うむ……。覚悟していたのだが、さっぱりどこも痛くならんし、腹が下る気配もない」

「遅効性なのかも……」

「確かに、数日後に腹痛を起こしたという事例もある。もう少し様子を見よう」

「ど、どうしよう。ハロルドさんに何かあったら、リディアにどうお詫びすれば……。というか、ラウゴットさんに殺されちゃいます！」

青くなる亜希をハロルドは苦笑してなだめた。

「黙っていればわかりはしない」

「そういう問題じゃありません！　ほんとにどうしよう……!?」

自分が死ぬのは自業自得だが、恩人のハロルドを巻き込むなんてとんでもない。

彼が庇護《ひご》してくれたおかげで、亜希はこの世界で何不自由なく――むしろ贅沢に暮らせているのだ。

「ともかく、今日はゆっくり休んでいろ。いいな？」

「はぁ……。あの、ハロルドさんこそ……」

彼は微笑んで頷き、部屋を出ていった。

まもなく公爵家お抱えの医師がやってきて、脈を計ったりあれこれ問診《もんしん》したりした。正直に亜希は話したが、中毒症状が何故出ないのかについては、医師にもわからなかった。

「マレビトは身体の作りが違うのかもしれませんね。あるいは毒に耐性があるとか」

だったら嬉しい。焼き肉！　ステーキ！　から揚げ！　やったぁ！

（――でも、わたしだけの特性だったら、ちょっとせつないな……）

昨夜作ったビーフシチューは我ながらいい出来だったが、自分の腕というよりこの世界の美味しいお肉と野菜のおかげだと思う。ふつうに焼いたり煮込んだりできれば、今までよりずっと美味しいものをみんなに食べてもらえるのに。

そうすれば、食事が単なる栄養補給になってしまったこの世界で、食べることの楽しみをふたたびよみがえらせることができる。

具合が悪くなったらすぐ呼ぶように、と医者は親切に非常用のベルを設置してくれた。

ひもを引くとベルが揺れ、室外にも充分聞こえる音が鳴る。

悶絶状態でもひもくらい引けるでしょう、とまじめな顔で怖いことを言って医師は引き上げた。

何事もなく時は過ぎ、ちびちび水を飲んでいたおかげか頭痛も軽くなったところに、今度は血相を変えてリディアが現れ、ひとしきり騒いだ。

亜希の身体を心配する一方、最後に食べようとした『びぃふしちゅう』はさぞかし美味しかったんでしょうね……と無念そうな目を向けられた。

ハロルドが残りを全部たいらげたことは、とりあえず黙っていよう。

（何事もないといいけど……）

することもなく寝ていると不安がふくらむ一方で、結局亜希はお昼前には着替えて厨房へ行った。

居合わせた食事当番の人たちは昨夜の騒ぎを知らず、亜希は頭痛で休んでいるとだけ聞いていた。

親身に気遣われると、正直にワインを飲みすぎたとは言いづらい。

（もう一度、ビーフシチューを作ってみようかな）

この世界のやり方で。どこまで美味しくできるかわからないけど。

食料の仕入れ係に尋ねると、新鮮な肉がまだあるという。使い切れない分は干すか塩漬けにするのが基本で、どちらも水で戻して（毒抜きして）から使う。

ロース肉を取り分けてもらい、晩餐用にふたたびビーフシチューを作りはじめた。

肉は焼かず、いつものように完全に茹で上げた。その他は同じ作り方。

試食してもらうと美味しいと好評だったけれど、やはり肉の旨味がごっそり抜け落ちているぶん、どうしても味気ない。

（食べ比べれば一目瞭然……いや、一口瞭然よね）

夕食に出すとオリジナルを知らないリディアはとても喜んでご満悦《まんえつ》だったが、ハロルドはいつものきまじめな表情で美味いと頷きつつ、亜希に微妙な視線を送ってきた。

昨夜のアレのほうが美味かったぞ……と目で訴えられ、そうでしょうと亜希は小さく頷いたのだった。


その後、何日経っても中毒症状は現れなかった。

マレビトである亜希だけでなく、ハロルドにもだ。

「……どうやら体質の問題ではなさそうだ」

ハロルドは亜希を書斎に呼んでそう告げた。一緒に呼ばれたエアハルトは顎を撫でながら考え込んでいる。

「ハロルドさん、本当になんともないんですか？」

「ああ。まったく異常はない。医師に脈を見てもらったが正常だそうだ」

「……私は完ゆで肉のビーフシチューしか食べていませんが、たいへん美味しくいただきましたよ。炙った肉を使うとそんなに違うんですか？」

「全然違う。もっともっと、もーーーっと美味いんだ」

まじめな顔でハロルドは断言した。そんなに強調されると照れる……と亜希は顔を赤らめた。

「ほほう……。それはぜひ私も食べてみたいものですね！」

舌なめずりしそうな顔でエアハルトはしきりに頷いた。

「肉に毒がないことが証明されれば食えるぞ」

「証明しましょう！」

エアハルトがグッと拳を握る。知的イケメンの彼も、やっぱり美味しいものが食べたいのだ。

「で、どうやって証明する？」

ハロルドの問いに彼は顎に手を添えて唸った。

「うーん……。まずは念のため動物実験ですかねぇ。犬に食わせて……」

「そんなもったいない！」

　即座にハロルドが断固反対する。

「あのような美味いものを犬に食わせてたまるか！　アキの作ったものは残らず俺が食うぞ」

「あの。ビーフシチューにはタマネギが入ってますから、犬にやるのはダメです」

　挙手して発言すると、ハロルドが眉根を寄せた。

「大事な猟犬だしな……」

「閣下にまんがいちのことがあっては困ります。私も参加しますよ」

　エアハルトは張り合うように宣言した。

　主の命を心配しているというよりも、美味しいものを独占させてたまるかと言いたげに目がギラギラしている。

「待たれーい！」

　いきなりバタンと扉が開き、ラウゴット老が乱入してきた。どうやら廊下で聞き耳をたてていたようだ。

「公爵家にとっておふたりは欠かすべからざる人材。ここはわしにお任せくだされ。もういい年ですし、死んで悲しむ家族もおりません。大恩ある公爵家のためにぜひこの老骨《ろうこつ》をお役立ていただきたく……！」

「そんなこと言って、独り占めは許さなくてよ！」

ラウゴット老の後ろから今度はリディアが飛び出してくる。

ピンクの髪の少女は愛くるしい頬をふくらませ、憤然と抗議した。けっして狭くはない書斎が騒然たる空気に包まれる。

「わたしも志願するわ！　実験には公平を期すべきよ。老若男女で違いが出るかどうかも確かめなきゃ」

唖然としていたハロルドが気を取り直して咳払いした。

「一理《いちり》あるが、まずは体力に問題のない大人の男で確かめてからだ」

「だったらじいも外して。寄る年波で体力も衰えているはずだもの」

「聞き捨てなりませんな！」

ラウゴット老が憤然と眉を吊り上げる。

罵り合い寸前の形相でぎゃあぎゃあ騒ぐ四人に亜希は顔を引き攣らせた。

ここまで熱心に手料理を食べたがってくれるのはありがたいのだが……。正直怖い……。

やがて、ハロルドにきつく撥ねつけられたリディアが、泣きわめきながら書斎を飛び出していった。

「お兄様の馬鹿！　ケチ！」

「あっ、リディア……」

慌てて亜希は少女の後を追い、中庭でやっと追い付いた。

「待って、リディア。ハロルドさんは、あなたがお腹を壊したらいけないと思って止めただけよ。独り占めしようなんて思ってないわ」

「独り占めしたわよ！　アキの作った本物の『びーふしちゅー』をひとりで全部食べちゃったんでしょ⁉　偽物《にせもの》の『びーふしちゅー』でさえあんなに美味しかったんだから、本物はさぞかし、さぞかしぃぃぃ……あああ！」

リディアは我が身を抱いて身悶えする。

たじたじとなりながら亜希は懸命に説明した。

「や……あれはほとんどわたしひとりで食べちゃったの。もともとそんなにたくさんは作らなかったのよ。なんというか……試作品で……」

死ぬつもりで作ったとはさすがに言いづらい。

「一口くらい味見させてくれたって……」

恨みがましく睨まれ、ごめんねと亜希は手を合わせた。

「安全だとわかったらすぐにまた作るから」

「アキはぜんぜん平気そうだもの。わたしだってきっと平気よ」

「わたしはマレビトだから、ここの人とは違ってるかもしれないわ。それにリディアはまだ身体が小さくて体力だって大人のようにはいかないでしょ。わたしだって心配よ。自分で作った料理でリディアが具合を悪くして苦しんだりしたら……」

「……わかったわ」

しぶしぶリディアは頷き、亜希の手を握った。

「その代わり、絶対安全なものを何か作って」

「え？　今？」

「今！　騒いだらお腹すいちゃった」

けろっとした顔で言い出す少女に苦笑する。ちょうど夕方、晩餐は夜の八時頃だから小腹の空く時間ではある。

亜希はリディアと手をつないで厨房へ行った。

「絶対安全なもの、ねぇ……」

軽食ならやはりサンドイッチかな……と見回した亜希は、たくさんのビン詰めが棚に並んでいることに気付いた。

「この前作ったスグリのジャム……。あ、パンケーキを作ろうかな。まだ作ってなかったよね？」

「ぱんけーき？　食べたことないわ」

リディアが目を輝かせる。この世界にも焼き菓子はあるけれど、クッキーかパイだ。工夫すればスポンジケーキも焼けると思うが、型もないし、時間がかかる。リディアはすぐに食べたそうな顔だ。

（ベーキングパウダーはないけど重曹《じゅうそう》ならあるし。卵白をよーく泡立ててメレンゲにすればいけるはず）

泡立てるのも大変だが、そこは根性で乗り切る。

必要なものは薄力粉《はくりきこ》、卵、ミルク、グラニュー糖。焼くときに使うオリーブオイル。全部厨房にある。

グラニュー糖は時間があるときに砂糖をすりつぶして自作した。あれをさらにゴリゴリすれば粉砂糖になるはず！　ちなみに貴重品の砂糖は円錐形《えんすいけい》の塊（ものすごく固い）で売っていて、木槌《きづち》で割って使うのである。

手伝ってくれる？　とリディアに訊くと、もちろん！　と少女は笑顔で頷いた。エプロンをつけ、木のボゥルをふたつ用意して調理開始。

まず、卵を黄身と白身にわけてボゥルに入れる。

卵黄に牛乳を混ぜ合わせたところに、ふるった薄力粉を加える。

白身にレモン汁を加え、グラニュー糖を数回にわけて混ぜながら、特注の泡立て器でツノが立つまでしっかり泡立てる。

かなり疲れる作業だが、途中で今日の調理当番がやって来たので交替で手伝ってもらった。

できあがったメレンゲを生地《きじ》に混ぜたら、オリーブオイルを薄く引いて温めたフライパンに四つにわけてふわっと落とす。平らにはせずこんもりした形で。

火力はごく弱火をキープ。炭の量と火格子の高さで火力を調節するやり方にもだいぶ慣れた。

一分ほど待って残った生地をそーっと追加。これでできあがりの高さを足す。

小さじ二杯ほどお湯を入れたら蓋をして少し蒸す。頃合いを見てひっくり返し、今度は蓋をせずきつね色にこんがり焼けるまでじっくりゆっくり焼く。

「――そろそろいいかな？」

メレンゲと重曹で高さもそこそこ出せたし、とりあえず見た目としては成功。

お皿に二枚重ねにして、粉砂糖をはらりと振りかけたらてっぺんに金色のバターを載せ、スグリのジャムを添える。

「はい、どうぞ。召し上がれ」

リディアは目を丸くしてパンケーキをじーっと見つめた。ごくりと喉が鳴る。

「お、おいしそう……」

いそいそとナイフとフォークをとったリディアは切り分けたパンケーキを口にするなり驚きの声を上げた。

「わぁっ……！　何この食感!?　ふわっふわ！　しゅーって口の中で溶けてくわ！」

歓声に亜希はホッとした。スフレパンケーキのふわしゅわな食感はちゃんと出せたようだ。

「不思議ー！　こんな軽い口当たり、初めて！　まるで雪……ううん、ふんわり甘い雲を食べてるみたいだわ！」

無邪気にはしゃぐ姿に笑みがこみ上げる。

「気に入った？」

「うんっ」

リディアは大きく頷き、とろりととろけたバターの絡まった一枚目のパンケーキをたちまち胃袋に収めた。

二枚目はスグリのジャムと一緒に口に運ぶ。

「あっ……！　ジャムの甘酸っぱさがまた合う～！　何枚でも食べられちゃいそう！」

嬉々としてぱくつくお嬢様を、調理当番の使用人たちが食い入るように見ている。みんな涎が垂れそうな顔つきだ。後でまた作ってあげないと。

「――ここにいたのか」

ハロルドがホッとした顔で厨房に入ってきた。やはり気になって捜していたのだろう。

「美味そうな匂いだな」

「お兄様にはあげないわよ！」

ビーフシチューの仕返しか、がばっとお皿を囲い込んで睨まれてハロルドは苦笑いした。

「取ったりしないから、安心しろ。……で、何を食べてるんだ？」

「スフレパンケーキです」

「すふれ……？」

「ふわっふわのしゅわっしゅわで、食べたとたんに口のなかで甘～い霧になってしゅわわんって溶けちゃうのよ！」

昂奮したリディアの叫び声にハロルドは混乱した顔になる。

「しゅわわ……？　霧……？」

「ハロルドさんもどうぞ」

笑いながら亜希が残り二枚のパンケーキの載った皿を示すと、彼は残念そうに首を振った。

「いや、リディアにやってくれ。食べ足りなさそうな顔してるしな」

「いいわよ、お兄様も食べたら」

恥ずかしくなったのか、顔を赤くしてリディアがぼそぼそ言う。

「味見させてもらえればいい。アキも食べたいだろうし、後ろの奴らが涎を垂らしてるからな」

調理当番たちが慌てて口許をぬぐう。亜希は残りのパンケーキを切り分けた。

「それじゃ、残りはみんなで試食しましょうか」

一切れずつ指でつまんで口に運ぶと、一斉に歓声が上がった。

「……確かにしゅわっと溶けるような食感だ。おもしろいな」

「美味しい！　美味しいです、アキさん！」

「作り方教えてくださいっ」

調理当番の面々も目を輝かせる。もちろんよ、と亜希は笑って頷いた。

片づけをすませると、ふわふわパンケーキですっかりごきげんになったリディアは素直に部屋に戻り、亜希はハロルドに誘われて散歩に出た。

「……あの後エアハルトと話したんだが、量を加減した上でじいとリディアにも協力してもらおうということになった」

「そうですか。正直、ちょっと不安ですけど……。わたしが焼いた肉を食べて平気なのは、やっぱりわたしがこの世界の人間じゃないからかもしれないし」

「それは俺にもわからん。俺が本物のビーフシチューにあたらなかったのも、単に身体が頑丈なせいかもしれんしな」

きまじめな顔でハロルドが頷く。

「不安はある。だが、それ以上に確かめてみたいのだ。異世界風のビーフシチューと、この世界のルールで作ったビーフシチューの両方を食べてみて、こんなにも違うものかとショックを受けた。俺たちがいつも食べているのが搾《しぼ》りカスのような気がしてな……」

確かに……と亜希は苦笑した。あれだけ茹でて茹でて茹でまくったら旨味などぜんぶ抜けてしまう。後から焼き目をつけたところで焦げ臭くなるだけだ。

しかも旨味がたっぷり出たスープは毒汁として捨ててしまうのだから、出し殻を食べているようなもの。味気なくて当然だ。

「すでに呪いが解けていて、肉が安全なのだとしたら……、俺たちはわざわざ手間隙かけてマズくした料理を食っているということになる。ひょっとして、それこそが真の呪いなのかもしれない」

「この世界の食材自体は、すごく美味しいと思います。野菜も味がしっかりしてるし、バターやチーズも風味が豊かです。お肉だって、元の世界だったら超高級肉と同等かそれ以上ですよ！　わたしの収入じゃめったに食べられません」

拳を握って亜希は力説した。

「ふつうに調理しただけで、ものすっっごく美味しくできるんです！　こないだのビーフシチューで実感しました」

「あれは確かに美味だった。肉は一かけしか残ってなかったが……」

「す、すみません……」

亜希は顔を赤らめた。ひとりきりの最後の晩餐のつもりだったので、こころゆくまで肉を堪能しようと肉最優先でがつがついってしまった。

ハロルドはうっとりした様子で顎をなでながらしきりと頷いた。

「あれは忘れられん……。ほろほろととろけるような食感でありながら、しっかりとした味わいと香気が漂っていた……」

はぁ……とせつなげな溜息をついて口許をぬぐう。

「思い出しただけで涎が出てきたぞ」

「ま、また作りますから」

「うむ……。それにしてもアキは本当に料理が上手いな。料理人だったのか？」

「いえ。いちおう専門学校に通って調理師免許は取りましたが、ふつうの会社員です」

「カイシャ？」

「えっと、書類仕事を主に……」

「ああ、文官だったのか」

「や、それをいうなら公務員で。なんというか、大きなお店で事務仕事をしてた……みたいな……？」

なるほど、とハロルドは頷いた。大体のところは伝わったらしい。

「免許といったが、アキの世界では料理をするのに資格がいるのか？」

「別になくても大丈夫なんですけど、自分でお店を持ちたいと思ったら調理師の資格を持つ人か食品衛生責任者がいないといけないので……」

「ほう！　アキは料理の店を出していたのか」

感心したように言われ、慌てて首を振る。

「出したいなと思っただけで！　実際には……挫折《ざせつ》しちゃいました」

なんでもないふうに笑ってみせたけど、やっぱり顔がこわばってしまったようで。ハロルドは気づかわしげに眉根を寄せて亜希を見つめた。

「……昔、父が小さなお店をやってたんです。洋食屋……イタリアやフランスの家庭料理をベースにした、カジュアルな創作料理で……」

イタリアやフランスは国の名前だと教えると、外国の料理を出す店だと理解してくれた。

「両親はわたしが五歳のときに離婚してて、わたしは父に育てられました。料理する父の姿を見て、見よう見まねでわたしも料理を始めて……。学校が終わると店の手伝いをしてました。常連さんもけっこういて、それなりに流行《はや》ってると思ってたんですけど……」

亜希が中学二年のとき、突如父が失踪《しっそう》した。

「失踪？」

「はい。ある日突然、いなくなっちゃったんです。なんの前触れもなく……。朝、わたしが学校にいくときも、いつもと同じように送り出してくれて……」

だが、帰ってくると父はいなかった。開店時間になっても戻らない。食材はあったが、仕込みはしていなかった。

夜になっても、次の日の朝になっても、父は帰って来なかった。

警察の捜査により、かなりの額の借金があったことが判明した。周囲の再開発で人の流れが変わったことや、店の入っていたビルの賃貸料が跳ね上がったことが響いたらしい。

結局、借金から逃れるための失踪だと決めつけられてしまった。

父がそんな無責任なことをするはずがないと亜希は言い張ったが、犯罪に巻き込まれたり事故に遭った痕跡もなく、捜査はやがて打ち切られた。

亜希は離婚以来音信不通だった母に引き取られた。

母はいわゆるバリバリのキャリアウーマン。何故父と結婚したのだろうかといぶかしく思うくらいに全然タイプの違う人だった。

尋ねてみると、『ごはんを作ってくれたから』という答えがあっけらかんと返ってきた。家事も炊事も嫌いな人で、家政婦を雇っていた。

亜希は自ら申し出て家事を引き受けた。

母とは高校卒業まで同居したが、他人行儀な関係のままだった。母にすれば通いの家政婦が住み込みの家政婦に替わっただけかもしれない。

亜希の作る料理は残さず食べてくれたが、美味しいと言われたことはない。一度尋ねたら『悪くないわね』とそっけない答えで、二度と尋ねなかった。

そもそも一緒に食卓を囲むこと自体が稀《まれ》だった。同じ家に住みながら、異次元で暮らしているかのようだった。

亜希が大学入学と同時に家を出ると、母は当然のようにまた家政婦を雇った。

卒業するまで、母は学費と生活費を銀行口座にきっちり振り込んでくれた。お金に関して母に何か言われたことは一度もない。

大学生になってから、亜希はほとんど家に戻らなかった。

あのマンションを『家』だとは思えない。正月にも帰らなかった。どうせ母もいない。年末年始、母はいつも旅行してる。

母のお金で生活するのがなんとなくいやで、カフェでアルバイトを始めた。最初はホールだったが、調理ができることがわかると食事メニューを任せられるようになった。

そこで久しぶりに『美味しい』という言葉と笑顔をもらった。父と暮らしていた頃を思い出し、お店をやりたいなと漠然と考え始めた。

「……大学に、すごく気の合う友だちがいたんです。一緒にお店やろうよ、って……」

こじゃれたカフェをやりたいというのが彼女の夢だった。好きなクラフト雑貨や本を置いて。美味しいコーヒーと焼き菓子。

ランチは亜希が担当する。いろんなものをちょこっとずつ載せた日替わりのワンプレートランチ。マフィンサンドとかピタパンもいいよね！　……なんて盛り上がって。ふたりであちこち食べ歩いたり、センスのいいカフェを巡ったりした。

大学を卒業すると、亜希は働きながら専門学校の夜間部に通って調理師免許を取った。料理は好きだし、基礎的なことは父から教わっていたが、一度きちんと学んでおきたかったのだ。

開業資金も貯めた。給料を貯金した他、学生時代に母が振り込んでくれた生活費の残りも使わせてもらうことにした。

すべては順調に進んでいた——と思っていたのに。

「……その子、いなくなっちゃったんですよ」

「いなくなった？　……アキの父上のようにか？」

とまどい顔のハロルドに、亜希は肩をすくめてみせた。

「まぁ、そうですね。父は借金を残していったけど、彼女はお金を盗っていったんです。開店資金にするつもりだったわたしの貯金、ほぼ全額持ち逃げ」

ハロルドは唖然とした。

「……ひどいな。行方はわからないのか？」

「全然。しかもそれが発覚した直後、わたしの勤めてた会社がいきなり倒産したんです。給料未払いで」

さらには急性虫垂炎《ちゅうすいえん》で入院するはめに。まさに踏んだり蹴ったり、泣きっ面《つら》に蜂《はち》。

退院したら、今度は住んでいたワンルームが違法建築であることが発覚して引っ越さなくてはならなくなり……。

調理師免許があるから、外食産業など働き口はいくらでもあったのだが、親友——だと信じていた——に裏切られたショックから飲食店関連には拒否反応が出た。

カフェに限らず、ファミレスでも牛丼屋でも、飲食店に入ると震えが出て吐き気をもよおすようになってしまったのだ。

しばらくは自炊もできないくらいだった。

それでも働かなくては生きていけない。

母には頼りたくなかった。カフェを開店したら一応知らせようとは思ったが、そういう計画だということは言っていなかった。

調理師の免許を取ったことも言ってない。大体、電話で話したのが大学を卒業したときで、顔を合わせたのはいつだったのか思い出せないくらいだ。

調理と関係ない企業を山ほど回り、やっとのことで採用された会社ではハラスメント寸前の圧力に耐える日々。虫垂炎が治ったと思ったら今度は神経性胃炎にのたうち回った。

連日の残業、休日出勤。何かおかしいなと感じつつ、疲れ果てて思考力が低下しすぎてきちんと考えられない。

……いや、考えたくなかったのかもしれない。

考えたらきっと——もっと傷つくから。

これ以上、痛い思いをしたくなくて。自分をすり減らして、考えずにすむようにしていたのかも……。

「──それで、気がついたらこの世界に来ていたというわけか」

感慨深そうなハロルドの声に、亜希はハッと我に返った。

「あ……ええ、そうですね……。あのときはすごく疲れてて、走る気力もなくて」

次の電車でいいや……と諦めたとたん、後ろからぶつかられて。前のめりになってジェットコースターみたいに階段を滑り落ちていったら──。

この世界に飛び出していたのだ。

「だったらここでは好きなように、ゆっくりしてればいい」

ニカッと笑うハロルドの顔を、亜希はぽかんと見返した。

「料理するのは苦痛か？」

「……！」

ぷるぷると勢いよく首を振る。

「た、楽しいです。大変なこともいっぱいありますけど……」

電気もガスもＩＨ《アイエイチ》もない。薪《まき》と木炭でかまどか石窯オーブン。火加減はもちろんのこと、火をつける段階からして亜希には大変だ。

しかも動物の肉には毒があって、毒を抜くために徹底的に茹でこぼさなければならないという、危険で味気ない食生活。

食べるという行為は単なる栄養補給のためでしかない。食べる楽しみも食卓の団欒《だんらん》も失われた世界。

皮肉なことに、マズい食事のせいで亜希の麻痺《まひ》していた感覚がよみがえった。

現代日本では、コンビニ飯《めし》だってかなり美味しくできてる。むしろマズいものがない。美味しいのがデフォルト、美味しくて当然の世界だ。

そう、自分で作らなくても、そこそこ美味しいものは食べられる。

信じていた友人に裏切られ、亜希は料理することが苦痛になってしまった。

それが、ほんのちょっと工夫しただけなのに目を輝かせて『美味しい！』と喜ばれたことで、自分の手で作ること、作った料理を喜んでもらえる喜びが急激によみがえってきたのだ。

制限だらけの、不自由なこの世界で。

「――わたしの作る料理、美味しいですか……？」

「もちろんだ！」

ハロルドは力を込めて断言した。

「料理が味わうものだということを俺は初めて知った！　今までは、ただ栄養をとるための儀式としか思ってなかった。ごちそうといえば見た目に凝ったもののことだと……。アキの作ってくれた料理は見た目はもとより、嗅《か》いで美味しく、食べて美味い！　最高だ！」

がしっと手を握られて亜希は顔を赤らめた。

「そ、そこまで褒められると、恥ずかしくなっちゃいますけど……」

「言い足りないくらいだぞ！　アキは天才だ。天が与えてくれた、空前絶後、唯一無二の尊《とうと》い存在だ！」

「それはさすがに褒めすぎ……」

ちょっとできる程度の自分の料理をこんなにべたぼめされたら、地球にあまた存在する真の天才シェフの料理を食べたらハロルドは感動のあまり昇天してしまうのではなかろうか。

「これからもずっとうちで料理を作ってくれ！　アキの望みはどんなことでも叶えてやる」

怖いくらい真剣な目付きにたじたじとなる。どうやら彼の胃袋をがっちり掴んだもよう。ついでに食い意地も目覚めさせてしまったらしい。

女性の手を握りしめながら、彼の顔に浮かんでいるのは食い気オンリー。ちょっと怖い。

「ああ、楽しみだな……。これからアキが作ってくれるのは『本物』だ。肉を焼いて、焼いて、焼いて……」

ハロルドはうっとりと口許をゆるめた。

そんなに焼き肉が食べたかったのかと気の毒になる。

ここの人たちが肉好きなのはなんとなく察していた。茹でまくって出し殻みたいになってもまだ肉を食べていたのだ。もともと肉食民族だったに違いない。

「あ、あのですね。ビーフシチューは大丈夫だったみたいですけど……、ちゃんと用心はしてくださいね？」

「うん？」

「お医者さんを呼んでおくとか……」

「ああ、それなら大丈夫だ。うちのかかりつけ医師を泊まり込みで待機させておく。……で、今夜は何を作る？」

「そうですねぇ……。まずは鶏肉からいきましょうか」

鶏肉は豚肉と並んでこの世界でもポピュラーな食材で、公爵家の食卓にも週に二回は出る。あとは豚、牛、羊をその時々で。

魚は近所の川に鱒に似たものがたくさんいるのだが、貴族はほとんど食べない。

彼らにとって釣りはただの遊びで、たまに食べるのは遠くの海で捕れた魚の塩漬けだ。他の肉がどうしても用意できない時に限って川魚が食卓にのぼるという。

焼き魚が好きな亜希としては、ぜひ塩焼きにして食べてみたい。

(わたしは庶民なんだからいいよね)

そう、まかないにしてもいい。きっと使用人たちは喜ぶはず。

「今夜は、チキンソテーのトマトソースとかどうでしょう？」

「何かわからんが美味そうだな！」

ハロルドは目をキラッと――いや、ギラッとさせた。早くも唾が湧いたのか、口許に手をやる仕種が率直すぎてなんだか可愛い。

最初はぶっきらぼうで怖かったが、亜希の料理を食べ始めてからはすっかり食欲に素直になった。

「腕によりをかけて美味しく作りますね！」

「おお！」

無邪気に喜ぶ顔を見れば、やる気も倍増だ。

（料理を作ることが好きなんだと思ってたけど、本当は作った料理を喜んで食べてもらうのが好きだったのかも）

父は亜希が作った料理を、たとえ失敗作でも笑顔で食べてくれた。心を込めて亜希が作ってくれたんだから美味しいよ、と言って。

母はどんなに上手にできた料理でも、黙々と口に運んで『ごちそうさま』としか言わなかった。『美味しかった』と言わせたくて励んでも、もらえた言葉は『悪くないわね』。

その後、友人が笑顔で『美味しい』と言ってくれた。すごく嬉しくて。彼女と一緒にお店をやったら楽しいだろうなって……。

った。

「……アキ？　大丈夫か」

気づかわしげにハロルドが尋ねる。亜希はさっと目許《めもと》をぬぐってにっこりと頷いたのだった。

その日から亜希は『毒抜き』を一切しない料理を作り始めた。

肉に限らず、野菜も卵も新鮮なものを基本的にそのまま使う。料理によって茹でたり焼いたりはしても、『毒』については考慮しない。

もちろん衛生面に充分に注意した上でのことだ。

初日は手に入りやすい鶏肉——元の世界でいうところの去勢鶏を使った。

日本ではなじみが薄いがフランスやイタリアでは高級食材として好まれている。去勢された雄鶏の肉は臭みのないやわらかな霜降り肉で、綺麗なレモン色の脂がつく。

鶏には大別して肉用鶏と採卵鶏とがあるのだが、採卵鶏の雄《おす》は使い道がないとして通常廃棄される。

日本で人気の地鶏も、実際食べられているのは実は雌《めす》ばかり。雄は肉質が固いため食用に向かず、やはり廃棄されてしまう。

これを去勢して肉用鶏に変えたのが去勢鶏だ。技術やコストがかかるため当然お値段も高い。贅沢なことにアシュリア王国では、少なくとも貴族や富裕層が食べる鶏肉といったらこの去勢鶏なのである。

（その高級食材をわざわざマズくして食べてるんだからね！　ほんと信じられない）

切り分けてもらったもも肉に包丁を入れながら亜希は溜息をついた。

どうせマズくしちゃうなら手間ひまかけて育てる意味なくない!?　と思うのだが、聞けば出し殻状態になっても手間ひまかけた食材のほうがずっとマシなのだという。

つまるところ、この世界でも美味しいものを食べたい欲求は当然あるのだ。ただ調理法が限られるため、素材をよくすることで改善を図っているというわけ。

合成飼料などない世界なので牛の餌《えさ》は牧草。鶏は放し飼いで地面の虫をついばむ。豚は森に連れていってどんぐりを食べさせる。ただこの豚、豚というよりイノシシに近く、凶暴な上に長くて鋭い牙が生えていたりするので亜希にはとても近寄れない。

都会に生まれ育った亜希には鶏も絞められないので、羽むしりと解体も含め下ごしらえはすべて調理当番の公爵家使用人にやってもらっている。

スーパーでパック詰めの切り身を買うのとは全然違う。たくさんの人に手伝ってもらって、やっとのことで調理段階までこぎ着けるのだ。

亜希の作る料理に興味を持ち、亜希にできない作業を進んでやってくれる皆には本当に感謝だ。肉に毒がないとわかったら、全員にごちそうをふるまいたい。

「……せっかくの高級食材も、残念ながらわたしの腕じゃ活かしきれないけどね」

調理師免許は取ったものの本格的なレストランで修業したわけではない。家ごはんの他にはカフェで出す軽食を作ったくらい。

学校の実習で和洋中のメジャーな料理はひととおり作ったが、あくまで実習だ。

「そんなことないですよ！」

亜希の呟きに、手伝っていた下働きの少年が声を上げた。驚く亜希に、少年はにっこりと笑った。

「アキさんが作ると、いつもの料理が魔法みたいに美味しくなるんです！　本当ですよ」

「……ありがとう」

じんわり瞳を潤ませながら亜希は微笑んだ。今厨房にいるのは選りすぐりの志願者のみで、全員『実験』のことを承知している。

実験終了までは彼らは厨房専任となって亜希の調理を手伝う。厳重に箝口令《かんこうれい》が敷かれ、身内にも絶対に洩らさないという誓約書を提出させたそうだ。

その代わりハロルドたちと同じ料理を交替で試食することになっている。

「アキさんの料理を見ていて、工夫するってことを学んだんです」

少年の言葉に、居合わせた当番たちが頷いた。

「今までは決まりきった料理を交替で作るだけで……。それが当然と思っていました」

「ごはんがマズいのも当然で、こんなもんなんだ、って」

ねー、とみんなで頷き合う。

「なのにアキさんが作ったらすごい美味しくて。工夫次第でこんなに美味しくなるんだーってびっくりしました」

「味の改善に熱心に取り組むアキさんを見ていたら、ただ当番だから仕方なく料理してた自分が恥ずかしくなって……」

ひとりの少女の言葉に、全員が恥じ入ったように目を伏せて、亜希は焦った。

「そ、そんなことないですよ！　わたしはただ、その……食い意地が張ってるというか……、以前食べてたようなものが食べたかっただけで……」

「アキさんの故郷には美味しい料理がたくさんあるんですよね！」

「それ作ってもらえるんですよね⁉　オリジナルレシピで！」

「え、ええ……。肉に毒が含まれているのかいないのか、確かめるための実験なんで……」

全員に前のめりで詰め寄られ、迫力に押されてカクカクと頷く。

「やったー！　僕ら、なんでもお手伝いします！　旦那様がたに美味しいものを作ってさしあげたら、ぜひ、ぜひ！　ぜひっ‼　僕らの食生活改善にもお力添えをっ」

「も、もちろんよ。作り方は全部教えるわ」

亜希の言葉に全員が歓声を上げて飛び跳ねる。すでに人体実験であることが忘れ去られている感ありありだ。

「あ、あの。もしかしたら毒に当たってお腹が痛くなったりするかも……しれないんだけど……？」

「腹痛ぐらい平気です！」

——や、平気じゃないと思う。

「マズいもの食べて腹痛起こすのはいやだけど、美味しいもの食べてお腹壊すのなら本望ですっ」

——目が怖いですよ、お嬢さん。

「大丈夫ですよ、アキさん。たとえ毒に当たっても死ぬわけじゃありませんから！」

「せいぜい腹痛か下痢くらいよね」

——お腹が超特急でくだったら死ぬほど苦しいと思います。

信頼と期待とでキラッキラのお目目たちに見つめられ、亜希はひくりと喉をふるわせた。

「が……がんばります……」

「がんばりましょう！」

おー！　と調理当番たちが一斉に拳を突き上げる。ははは……と引き攣り笑いをした亜希は、気を取り直して調理を再開した。

ともかく、まずは元の世界の手順どおりに作ることに集中する。

鶏もも肉から余分な脂を取り除き、フォークで何か所か穴を開ける。

塩、コショウを軽く振ってなじませたら、小量のオリーブオイルを熱したフライパンに皮を下にして入れる。

ひとつのフライパンでふたり分、かまどの火口をふたつ使って四人分を同時に作る。

焦げないように注意しながら皮にこんがりと焼き色がつくまで焼く。皮の縮みを防ぐため、フライ返し《ターナー》で押さえる。

香ばしい匂いがしてくると、調理当番たちが涎を垂らしそうな顔で集まってきた。

「はぁ……、なんて美味しそうな匂い……」

「生皮を炙るとこんなにいい匂いがするんだ……」

この世界では毒抜きのためにクタクタになるまで徹底して煮込むのが基本だ。

鶏肉も、ぶつ切りにした骨つき肉を大鍋に入れて煮る。皮もついたままだが、煮込んだ後に炙ったところで脂が全部抜けているので風味も香ばしさも出るわけがない。

これまで亜希は皮の残骸にバターやオリーブオイル、ラードなどを塗ってなんとか香ばしさを出そうと四苦八苦したものだ。

パリパリに焼いた鶏皮は好物なので、焼きながら亜希も涎が垂れそうになった。

そろそろいいかとひっくり返すと、脂をじゅわじゅわ泡立てながらこんがり焼き上がった皮の様子に周囲から『ふぉぉ……！』とせつなげな声が上がった。

端っこをつまみ食いしたいのをぐっと堪えて蓋をした。これでしばし蒸し焼きにする。

「……トマトソースの下ごしらえは？」

「あっ、はい！　できてます」

任された当番が慌てて頷いた。

湯剥きしたトマトを荒く刻み、みじん切りにしたタマネギ、つぶして香りを出したニンニク、つみたてのバジルを刻んだものと混ぜ、塩コショウしたらレモン汁をちょっと加えてオリーブオイルで和《あ》えたものだ。

このままパスタにかけても美味しいと思うのだが、あいにくこの世界にはパスタがない。そのうち自作してみよう。

焼き上がった鶏もも肉を温めておいた皿に盛り、トマトソースをかける。皮のパリパリ感も楽しんでほしいので、なるべく皮にかからないようにする。

別に茹でておいたインゲンとニンジンを添えて出来上がり。仕上げに刻んだパセリを散らして彩りを添える。

トレイに皿を載せ、エプロンを外すと亜希は厨房を出た。向かうはすぐ隣の部屋だ。

もともとは物置になっていたのを片づけ、臨時の食堂とした。

ふだんは隣の母屋にある食堂へ運んでいるのだが、『実験』を外に洩らしたくないというハロルドの発案でこのようになった。

元物置なので、部屋は狭い。六人用の長テーブルを入れたらもう一杯だ。六人がけとい
っても亜希の感覚では八人がけ、詰めれば十人くらい座れそうな大きさなのだが、公爵家
にはこれより小さな食卓はない。
食卓についているのはハロルドの他にリディア、エアハルト、ラウゴット老。四人とも
すでにサラダとスープ（えんどう豆のポタージュ）を片づけている。こちらは調理当番に
作ってもらった。
亜希は緊張しながら料理の皿をハロルドの前に置いた。後に続く調理当番が、三人の前
にも同様に皿を置く。
間髪入れずにリディアから不満の声が上がった。
「どうしてわたしだけこんなに小さいの⁉」
「年と体格に合わせたのだ」
まじめくさった顔でハロルドが答えた。リディアの肉は大人の半分ほどしかない。
「どうしても参加したいとごねるから、特別に許可したのだ。不満ならば出て行きなさい」
「冗談じゃないわ。わたしが出ていったらお兄様がわたしのぶんを食べちゃうにきまって
るもの」
つーんとリディアは顎を反らした。
「まぁまぁ、姫。わしのもだいぶん小さいことですし」

「後にしろ、冷めてしまうではないか」

そわそわとハロルドが促し、全員が銀のナイフとフォークを手にした。スチャッと効果音でも入りそうな勢いである。

ごくり、と誰かの喉が鳴った。全員かもしれない。

「なんていい香り……！」

うわずった声でリディアが呟くと、隣でラウゴット老が喉仏を大きく動かした。

「まことに……！　ついぞ嗅いだことのない香りですな！　なんとも食欲をそそる……」

彼の年で焼肉のこうばしさを知らないなんて可哀相すぎる。亜希は思わずほろりとしてしまった。

ハロルドは、と窺うと、彼はナイフとフォークを握りしめながら食い入るようにチキンソテーを凝視している。

気に入らないのかしら……、それともやっぱり用心してる？　心の準備をしているのかしらと心配していると、彼はせつなげな溜息をついた。

「……食べてしまうのがもったいない」

いえ、冷めるほうがもったいないです。

「あの、熱いうちに、どうぞ……」

斜め後ろに控えていた亜希がそっと声をかけると、彼はハッと我に返って肩ごしに気まずそうに微笑んだ。

「すまん。美しい彩りに見とれていた」

彼はナイフとフォークを握り直し、慎重にナイフを肉に入れた。

パリッ……と皮が小気味よい音を立てる。

彼は驚いた顔でフォークにとった肉片を眺めた。

「これは……皮か。あのブヨブヨした皮が、焼いたらこんなパリパリになるとは……驚きだ」

知らないほうが驚きです、と亜希は心のうちで呟いた。

ハロルドは一瞬ぐっと口許を引き結び、思い切ってソテーを口に放り込んだ。

亜希を含め一同が息を殺して見守るなか、もきゅもきゅと一心不乱に咀嚼して、ゴクリと呑み込む。彼は目を閉じ、ふるふると肩をふるわせた。

「お兄様……?」

「殿……?」

不安そうなリディアとエアハルトの問いかけにも答えない。

くわっと目を見開いたラウゴット老が亜希に指を突きつけて怒声を上げそうになった瞬間、ハロルドが叫んだ。

「美味いっ……!!」

「と、殿？　異常はございませんか」

「美味い、美味いぞ！　なんだこれは！　皮はパリッとしているのに肉はやわらかく、噛みしめるとじゅわっと香ばしい汁がなかからあふれてくる！」

彼はいそいそとソテーを切り分け、次はトマトソースのかかった部分を口にした。

「むっ……!?　このソースとともに味わうと、また一味違うな！　ほどよい酸味が鶏の脂と混ざり合って爽やかな食感だ」

至福の表情で溜息をつく兄を見て、リディアが慌てて肉の攻略に取りかかる。

「……美味しい！　本当だわ、パリパリした皮が香ばしくて——。んーんんっ」

急に言葉に詰まったので噎せたのかと亜希は慌てたが、リディアは単に食べるのに夢中になってコメントどころではなくなっただけだった。

エアハルトは、と窺うと、彼はもう一心不乱にがっついていた。日頃の穏やかな知的イケメンが今やすっかり肉食獣だ。

ラウゴット老も目の色を変えてばくばくと肉に食らいついている。喉を詰まらせやしないかとひやひやした亜希は、いつでも背中を叩けるよう身構えた。

緊急事態が発生することもなく、チキンソテーはそれぞれの胃袋に収まった。

あたかも蟹《かに》料理を前にした日本人みたいに、会話をすることもなくひたすら肉を口に運ぶ。

キラキラと目を輝かせているところをみると、美味しいのだろうなとは思うものの、ホッとするよりその勢いが怖い。

付け合わせの茹で野菜を含めて完食するのにたぶん五分とかからなかっただろう。

食べ終わると四人が四人ともフォークとナイフを握りしめてキッと亜希を見た。

「お代わり！」

異口同音の叫び声が上がる。その真剣さに亜希は口許を引き攣らせた。

「す……すみません、これで終わりです……」

「なっ⁉」

「なんですと！」

「なぬッ」

「ええーっ」

四通りのブーイングが襲いかかり、亜希はひえーっと頭を抱えた。

「あああのみなさん、これは『実験』であることをお忘れなく……」

おそるおそる言うと、四人はやっと思い出した態《てい》できまり悪そうに互いの顔を見た。

「どうだ、リディア。何か異変はないか」

「全然ないわ。もっと食べたい」

少女は正直に答え、隣席の老人を見た。

「じいは？」

「異常ありませぬ。少々ものたりぬくらいでして」

　──みなさん、早食いしすぎです……。

「私もなんともありませんね。殿はいかがですか」

　エアハルトに問われ、ハロルドが威儀を正す。欠食児童のごとくがっつく姿を見てしまった後だと、別の意味で感心した。

「むろんなんともない」

「やっぱり毒なんてないのよ。こんなに美味しいお肉に毒があるわけないじゃない。ほら、ナイフもフォークもぴっかぴかよ」

　自信満々にリディアはフォークを振り回した。

　銀は毒に反応して黒ずむと言われるが、その毒というのは砒素《ひそ》のことで、砒素は無味無臭である。

　それに銀は砒素そのものに反応しているのではなく、未発達の精製過程で残ってしまった硫黄《いおう》成分に反応しているのだ。精製技術が発達すれば硫黄は残らないから銀は反応しない。

　この世界の精製技術がどのくらいのレベルなのか不明だが……。

（え。まさかこの世界の肉には砒素が含まれてるとか……ないよね!?）

新たな可能性に思い至って青ざめていると、ハロルドが重々しく頷いた。

「しばらく様子を見ないと断言はできんな。――ところで、アキ」

「は、はい!?」

「本当に、もうないのか?」

ごはんが足りないと訴えかけるわんこのごときまなざしに、亜希は顔を引き攣らせた。

「ありません……」

「そうか。残念だ」

「パンのお代わりならありますけど」

「む……。少しもらおうか。あまりの美味さに夢中になって食べてしまって、ちょっと物足りない」

そう言われれば悪い気はしないが……。

給仕がパンを配る。いつものぼそぼそした丸パンだ。

「美味しい料理の後だとパンのマズさが際立つわね」

バターを塗り付けながらリディアが溜息をつく。

ふとハロルドが思いついた様子で尋ねた。

「アキ。パンの改良について何か意見はないか?」

「パンについてはちゃんと見てないので……。今度、生地を作るところから見学させてもらいます」

「ああ、頼む」

そう言いながら、ハロルドは皿に残ったソテーの脂とトマトソースをていねいにパンでぬぐった。

「おお、さすが殿！」

嬉々としてラウゴット老が真似を始め、リディアとエアハルトも続く。皿は洗ったようにピカピカになった。

「……では、デザートをお持ちします」

亜希の合図に頷いた給仕がさっと下がり、戻ってくると各自の前にデザートの皿を置いた。

「本日はプリンを作りました。材料は卵と牛乳、お砂糖です」

プリン型などはないので大きな蓋つき容器に入れてオーブンで焼き、取り分けたものだ。何度か試作を重ねてかまどの火加減や焼き時間を確かめた。

焼きたての温かいものも美味しいけれど、今日は先に作ってあら熱を取った後氷室《ひむろ》で冷やしておき、出すときに生クリームを添えるよう頼んでおいた。

「おお、これは甘いだけでなくほろ苦《にが》さもあっていいですね」

にこにこするエアハルトにハロルドも同意する。

お菓子大好きなリディアはもちろんご満悦でぱくぱく食べている。

ラウゴット老は黙々と口に運んでいるので気に入らないのかと思ったが、時折ふむふむと頷いている表情を見ればそんなこともなさそうだ。

最後に食後のお茶——麦茶にアーティチョークの葉とミントを混ぜたもの——を飲みながら、ハロルドが確認をした。

「異変はないか？」

全員が首を横に振る。

「遠慮せず、少しでも異常を感じたらすぐに知らせるのだぞ？　異変がなくても就寝前に報告に来るように」

そう言ってハロルドは亜希を見た。

「ところでアキ、もう料理は残っていないと言っていたが……」

「はい……ああっ！」

「どうした!?」

「見本を残しておくべきでした！　給食でも食中毒が出たときのために必ずサンプルを残しておくことに……」

すっかり忘れてました！　と慌てる亜希にハロルドは困ったように咳払いをする。

「いや、そうではなく。アキが自分で食べるぶんはあるのかね？」

「あ……。忘れてました」

実験初日で緊張していたのだろうか。言われるまで自分の食事のことは頭から飛んでいた。

「ええっ、それじゃアキの食事はどうするの⁉」

「厨房で何か作って食べますから」

卵が残っていたし、ベーコンもあるからオムレツでも作ろうかな。茹で野菜も少し残っていたはずだ。

「アキさん。あんたにもわしらと同じものを食ってもらわんといかん。そうでないと怪《あや》しまれるぞ」

ふいにラウゴット老がしかつめらしい顔で言い出した。

「はぃ……？」

「うまいこと言ってわしらをその気にさせ、毒殺しようとしているのではないかとな」

「？」

「何を言うのだ、じい。まだアキのことを疑っているのか」

ハロルドが渋い顔でたしなめると、老騎士は敢然とかぶりを振った。

「殿。コンシダイン公爵家の方々の身の安全を図るのがわしの務めにございます。アキどのに関しては、正直申し上げて未だ半信半疑」

つまり、まだ半分は疑ってるというわけだ。

年寄りは頑固だなぁと、もちろん口には出さず亜希は嘆息した。

「実験しようと言い出したのは俺だぞ？」

「だとしても、料理をするアキどのが不参加では公平な実験とは言えないのではありますまいか」

「む……」

「殿。ラウゴット老の意見には一理あります。何もアキさんを疑うわけではありませんが、マレビトである彼女と我々とでは違ったところがあるかもしれません」

エアハルトの言葉に亜希は頷いた。

「それ、わたしも気になってるんです。今回は、本当に自分のぶんを作るのをすっかり忘れてて……。次からは同じものをわたしも食べますから」

「俺はそういうことを言っているのではない」

ハロルドが、ぶすっとした顔で肩をすくめた。

「アキは使用人ではなく客人なのだ。食事は一緒に取るべきだ」

「お兄様の仰るとおりよ」

リディアも大きく頷いた。

「今までどおりに一緒に食べましょうよ。手が足りないなら助手を増やすわ。なんならわたしも手伝う」

「だ、大丈夫。今回もいろいろと手伝ってもらったの。そのつもりで段取りしておけば、わたしも皆さんと一緒に食事できます」

「ではそうしてくれ。……改めて、今夜の料理はいつにも増してとても美味しかった」

ハロルドが、やや照れたように微笑んだ。他の三人も同様に笑顔で美味しかったと言ってくれる。亜希は赤らむ頬を隠すようにお辞儀をした。

「ありがとうございます……！」

こうして『人体実験』の一食目は無事終了した。


就寝前の報告でも異常はなく、翌日の朝も全員体調に異常はなかった。

用心のため『毒抜き』せずに料理するのは一日一回、夕食のみだ。

肉に含まれる毒の有無を確かめる実験なので、メインディッシュは当然、肉。鶏の次は豚を使ってみることにした。

豚の肩ロース肉を塊で用意してもらい、塩コショウをもみ込んで下ごしらえをする。

フライパンにつぶしたニンニクとオリーブオイルを入れ、香りが立つまで中火で熱したら火を強め、塊肉を入れて全体に焼き色をつける。

「……これくらいじゃ中まで火が通りませんけど、いいんですか?」

亜希の手順をメモに取りながら調理当番が尋ねる。

「今日はソテーじゃなくて、これを煮込むの。こうして表面を焼いておけば、お肉本来の芳香や旨味が抜けてしまうのを防げるのよ」

「なるほど……。煮込み料理はよく作りますが、生のまま放り込んでましたね。煮汁は全捨てで」

「『毒抜き』ならそれが正しいんでしょうけど……。『毒はない』という前提で、できるだけ美味しく作る実験だからね」

うんうんと調理当番たちが頷く。

塊肉を蓋つきの容器に入れ、あらかじめ作っておいたブイヨンスープと赤ワインを注ぐ。ローリエの葉と、甘みを加えるために干しイチジクを入れたら、熱しておいたオーブンへ。レンガの輻射熱でじっくりと調理する。

今回は調理当番たちも手伝うだけでなく自分たちで同様に作ってもらう。いわば実習だ。焼き上がった塊肉を切り分け、小鍋で少し煮詰めた煮汁を回しかけたら出来上がり。茹でたニンジンと新鮮なクレソンも添えて。

「本日は豚ロース肉の赤ワイン煮です」

食卓について説明すると、おおーっと歓声と拍手が上がる。ちょっと恥ずかしい。

表面を焼いて煮込み、煮汁もソースとして使用したということで、この世界のルールからすると危険レベルはかなり高い。

最初はみんな緊張した面持ちだったが、一切れ口にするやいなや用心はぶっ跳び、美味い美味いと夢中になって完食。

残ったソースは今日もパンですべてぬぐい取った。

「……パンと言えば、パン焼きを見学させてもらったんですけど」

ふと思い出して言ってみる。

「おお、どうだった？　あれも味の改善ができるだろうか」

「たぶん。パン焼き当番さんに聞いたんですけど、こちらでは生イースト……ビールを作るときに出てくる泡をパン種《だね》にしているそうなんですが……」

亜希のいた世界では、パンの種類によって生イーストとドライイーストを使い分ける。

生イーストはパン生地のなかの糖分を分解する力が強い。発酵が早く進むため、ふんわりふかふかしたソフト系のパン、砂糖の多い菓子パンに向いている。

ちゃんと作ればやわらかい食感で噛み応えもあるパンができる。ロールパンとかあんパンのように甘い香りが引き立つ。

ところが、見学していたところ、この世界では生イーストを使うにもかかわらず、砂糖をほとんど使っていないパン生地を長時間寝かせていたのだ。これでは酵母菌《こうぼきん》が小麦粉の糖分を食い尽くし、ぼそぼそして甘みも風味もない、スカスカの味気ないパンになってしまう。

ここでは砂糖は貴重品で、そう多用はできない。なので次にパンを焼くときには生地を寝かせる時間を短くしてみてとお願いしたのだが、パン焼き当番はいい顔をしなかった。ずっとこのやり方でやっているから……とひどく渋るのだ。

「昔ながらのやり方を変えると、よくないことが起こると信じてるみたいです。小麦粉には『毒』はないんですよね……？」

「ああ。しかし恐怖心から過剰な用心をするようになったのかもしれないな。肉を長々と煮込むことで毒抜きをするように、パンも長く発酵《はっこう》させたほうが安全な気がするのではないか」

羹《あつもの》に懲《こ》りて膾《なます》を吹くようなものだろうか。

「では、両方のやり方でパンを焼くように命じよう。そうすれば安心だろう」

「そうですね、お願いします」

さっそく翌日から二種類のパンを焼いてもらった。発酵時間を短くしたパンは形を変え、元の世界で食べ慣れたロールパンにしてみる。

出来上がったパンの見た目は上々。食べてみると、皮が若干固めだが中はふわっと仕上がっている。

試食を勧められた当番は用心してなかなか手を出さなかったが、見学していたリディアが亜希と一緒になって美味しい美味しいとパクパク食べているのを見ておそるおそる手を出した。

一口食べた後はあっというまに完食し、ハッと我に返って腹が下るのを心配していたが、なんともないとわかれば亜希の提案を素直に受け入れてくれた。

鶏と豚の次は牛。

先日作ったトンカツもどきが好評だったので、ミラノ風カツレツを作ってみた。牛肉を薄く叩いてカリッと揚げたものだ。こちらも美味しいと喜ばれた。

なんのトラブルもなく、実験は続いた。

ラムチョップのハーブロースト、グリルドチキンのチーズクリームソース、豚のスペアリブ煮込み……。

かまどの火加減で多少焦げたりする失敗はあったものの、おおむね合格点には達したと思う。

そしていよいよ実験最終日。

亜希はローストビーフを作ることにした。多めに作って残りでサンドイッチやパイも作りたいので、二キログラム近い大きな牛もも肉の塊を用意してもらう。

作り方自体はいたってシンプル。まずは塊肉を形が崩れないように太い糸で全体を縛ったら、塩コショウを手ですり込む。

フライパンを強火のかまどにかけ、こんがりと焼き色をつける。

表面を焼いたらバットに出し、薄くオリーブオイルを塗ってローズマリーと一緒に油紙に包んで十五分ほど休ませたら熱したオーブンに入れて焼く。

窯の温度の調節は亜希には難しいので、調理当番のなかでも特にオーブンの扱いに長けた者に任せた。専任の料理人はいないといってもやはり調理という作業が好きで詳しい人物はいるものだ。

（塩の包み焼きとかもいいかも。豚肉でやってみようかな）

アシュリア王国は内陸国だが、岩塩鉱山があるので塩には不自由しない。

ローストビーフは中にほんのり赤みを残して焼き上げるのがよいのだが、はたしてうまく行くだろうか……。経験による彼らの勘を信じるしかない。

ドキドキしながら小一時間待ち、オーブンから取り出された塊肉を見てみるとなかなか美味しそうに仕上がっている。

しばらく休ませたら調理中に出た肉汁を、焼き色を付けたときのフライパンに残った肉汁に合わせてグレイビーソースを作る。

肉汁にカップ一杯ほどのブイヨンを足し、からし少々と手作りウスターソースを加えて、木べらでフライパンをこそげるようにして混ぜる。

ここに大さじ1の薄力粉を振るい入れ、弱火でなめらかになるまで混ぜる。最後に塩コショウで味を整えたら出来上がり。

付け合わせにはグリーンピースそっくりな豆と新鮮なクレソン、そして西洋わさび《ホースラディッシュ》によく似た香味野菜をすりおろしたものを添えることにした。

厨房隣の臨時食堂にローストビーフの塊を大皿に載せて運び入れると、待ち構えていた面々が歓声を上げた。

「今回は、この塊をハロルドさんに切り分けていただきます」

「俺が？」

「はい。わたしのいた世界では――といっても別の国のしきたりなんですけど――その家の当主が切り分けることになっているんです」

「それはいいですな！」

殿至上主義のラウゴット老が嬉しそうに頷く。

面映ゆそうな顔でカッティングナイフを手にしたハロルドは、案外器用な手つきでローストビーフを薄くスライスした。

（よかった。ちゃんと中に赤みが残ってるわ）

断面を見て亜希はホッとした。中まで焼けてしまっていたらローストビーフ独特の美味しさを味わってもらえない。

数枚ずつ各自の皿に載せ、給仕役に付け合わせを盛りつけてもらう。

「このソースをかけていただきます」

亜希はグレイビーソースを入れた容器を手にして説明した。

焼いたときに出た肉汁を使っていると聞くと、焼きものにかなり慣れた面々でもたじろいだ顔になった。

これまでの彼らの常識からすれば肉から出る肉汁はいわば『毒のしたたり』なのだ。

「――それじゃ、まずはわたしが味見しますね」

ソースを絡めた肉を口に運ぶ亜希を、全員が息をつめて見守った。

グレイビーソースは作ったときに味見したから大丈夫だとわかっているが、肉は味見していないのでやはり緊張する。

「……んっ」

舌触りと歯ごたえを確認して亜希はにっこりした。

「美味しくできました！」

安堵の吐息を洩らした一同が、それぞれにカトラリーを手にする。

最初にローストビーフを口にしたハロルドが、瞳を輝かせて歓声を上げた。

「美味い！　やわらかく、しっとりした歯触りだ」

「生焼け……というわけではないのですね」

ホッとしたエアハルトの呟きにハロルドは頷いた。ローストや揚げ物に慣れたら慣れたで、今度は生っぽい赤味が気になるようだ。

「しっかり火は通っている。だが、このやわらかくジューシーな食感はしっかり焼いたものとは全然違う。初めての食感だ」

「やわらかい舌触りだけど、肉らしい歯ごたえもあっていいわ。お肉自体は薄味であっさりしてるから、コクのあるソースを絡めるといっそう美味しい」

幸せそうにリディアが溜息をつく。

「これならじいも歯が抜けるのを心配しなくていいわね」

「何を仰いますか、姫！　このラウゴット、年は取っても歯はしっかりしておりますぞ。朝晩房楊枝《ふさようじ》と塩でマッサージしておりますからな。姫こそ菓子の食べ過ぎで虫歯にならぬようお気をつけなされ」

「わたしだってちゃんと歯みがきしてるわよ！」

言い合いながらも美味しそうに食べているふたりを見て亜希は嬉しくなった。

「お兄様、お代わりくださいな」

「付け合わせを食べてからだ」

「豆を食べるとお腹が張るのよ、わたし」

「じゃあ豆は半分にして、そのぶんクレソンを食べたら？　消化にいいのよ」

亜希の勧めに頷き、リディアはクレソンを食べてから数枚のお代わりをもらった。

全員がお代わりをしたが、それでも肉はたくさん残った。もともと十人前くらいあったのだ。

「残りは明日のお昼にサンドイッチにしますね」

亜希の言葉に全員が笑顔になった瞬間、廊下から慌ただしい声が聞こえてきた。

何事かと振り向くと、ノックもなしに扉が開いて、見たこともない若い男性が現れた。後ろで執事頭が青ざめておろおろしている。

「やぁ！　こんなところにいた」

年頃はハロルドと同じくらい。端整な顔に満面の笑みを浮かべている。

やや暗めの赤い髪。ハロルドの髪色がルビーだとすれば彼はガーネットだ。瞳はハロルドよりも濃くて鮮やかな青。

「ユージン……？」

一瞬呆気にとられたハロルドが気を取り直して立ち上がる。慌てて全員が従ったので亜希も急いで立ち上がった。

「来るとは聞いていないが……ここで何を」

「それはこっちの台詞《せりふ》だよ。いや、たまたま近くを通りがかってね。晩ごはんをごちそうになろうと思ったんだけど食堂に誰もいないだろう？　留守だったかと帰ろうとしたら、どこからともなくいい匂いがしてきてさ。……肉を焼いてるみたいな」

居合わせた全員の顔から、ザーッと血の気が引く。

青年は咎めるでもなく、ニコニコしながら亜希に歩み寄った。

「やぁ、きみが噂のマレビトだね？」

「う、噂……？」

「何十年ぶりかでマレビトが現れたという報告が王宮に届いてね～」

チッとハロルドが小さく舌打ちする。

「そのうち連れてくるだろうと思ったのに、一向にその気配がない。それで様子を見に来たというわけ」

「たまたま通りがかったのでは？」

厭味っぽくハロルドが言い返すと、青年は愛想よく微笑んだ。

「たまたま通りがかって、たまたまマレビトのことを思い出したのさ。それより彼女に紹介しておくれよ」

はーっとハロルドは溜息をつき、いかにも気の進まぬ様子で彼を紹介した。

「彼女はアキ・ナルサワ。異世界のニホンという国から来たそうだ。――アキ、彼はユージン。俺の従兄弟《いとこ》でアシュリア王国の王太子だ」

第三話

◆

肉食王子の襲来

「……へ？」

亜希は思わず間抜けな声を洩らした。

今、王太子って言った……？

——それって、次に王様になる人のことよね……!?

「よろしくね、アキちゃん」

次期国王とは思えぬ軽さで、ユージンは亜希の手を両手で掴んでぶんぶんシェイクした。

「可愛いなぁ。黒髪ってシックでいいよね！　お近づきの印に今度真珠の髪飾りをプレゼントするよ。ところでこの料理はキミが作ったのかな？」

「は……はい……」

「美味しそうだなぁ。僕もぜひご相伴《しょうばん》に預かりたい」

彼は空いている席——ハロルドの真向かいに勝手に腰を下ろすと不敵な笑みを浮かべた。

「さぁ、お歴々《れきれき》。遠慮せず座りたまえ」

ぎくしゃくと全員が腰を下ろす。ハロルドの命令で新しい皿が運ばれてきた。

無表情ながら若干青ざめた顔で彼はローストビーフを切り分けた。給仕が付け合わせの野菜を盛り、ソースをかけて王子の元へ運んでいく。

給仕もまた今にも卒倒《そっとう》しそうなほど青い顔だ。

「見たことない料理だね。これは何？」

「ローストビーフという料理だ」

「どうやって作るの？」

「……塊肉をオーブンで焼く」

大幅にはしょったハロルドの説明に王子がなるほどと頷いたので、亜希はホッとした。

しかし次の瞬間、薄く切った肉をフォークに突き刺し、ヒラヒラさせながら王子はニヤリとした。

「これ、焼く前に煮てないだろ。煮てあったらこんな綺麗な薔薇色《ばらいろ》はしていない」

ハロルドが返答に詰まる。

リディアや他の面々は青を通り越して紙みたいに白くなっていた。

民主主義の世界から来た亜希にはいまいち実感が湧かないが、この世界では王族が頷くだけで首がすっ飛ぶのかもしれない。

たとえ王族ゆかりの公爵家の人間であっても。

ローストビーフを興味深げに眺めていたユージンが、いきなりぱくりと肉に食いつく。

ぎょっとする一同の注視などものともせず、王子はもぐもぐと口を動かし、ためらいもせずごくりと嚥下《えんか》した。

「んっ!? なんだこれ、美味いじゃないか！」

彼は目を瞠り、もう一枚ローストビーフを口にした。もぎゅもぎゅと一心不乱に咀嚼する彼を、全員が息を殺して窺う。

彼はお皿に取り分けられたぶんをあっというまに完食し、空《から》になった皿をずいっと押し出した。

「お代わり」

たじろぎつつ、ハロルドは切り分けた数枚のローストビーフを皿に載せた。それもすぐに食べ尽くすと、彼は給仕がおそるおそるお皿に出しておいたロールパンに目を留めた。

「おや？ このパンも変わってるね」

ちぎったパンを口に運び、目を丸くする。

「うわ、しっとりふかふかだ！ へぇっ、こんなパンがあるんだなぁ。……ひょっとしてこれもアキちゃんが作ったの？」

「い、いいえ。もっと美味しくできるやり方を……知っていたので……。当番の人に教えて作っていただきました」

ふむふむと頷いたユージンはロールパンもお代わりして、やっと満足げな溜息をついた。

「いやぁ、美味かった！ キミたち、こんな美味しいものを毎日食べていたとはねぇ。しかし、なんでまたこんな端《はじ》っこの小部屋で食べてるのかな？ 立派な晩餐室があるというのに」

　すっと目を細めたとたん、人懐っこそうな王子の顔が冷たくなる。いくらかなごんだ食卓が、ふたたび緊張に包まれた。

「それは……」

　ハロルドが言葉に詰まっていると王子はふたたびおおらかな顔つきに戻って手を振った。

「ああ、いいよ言わなくても。キミたちが違法行為をしていることは明らかだ」

「肉を焼いて食べること自体は違法ではない」

　謹厳な顔つきでハロルドが言い返すとユージン王子はニヤニヤした。

「もちろんわかってるさ。毒を好んで食べる者はいない。たま～に好奇心から口にして、平気だったと豪語する奴も出てくるけど、すぐに腹を壊して悶絶状態になる」

　くすりと笑って、王子は赤ワインを一口飲んだ。

「……ということは、僕もキミたちと一緒に半死人《はんしにん》になるのかな」

「ならないわよ！　わたしたち、もう一週間もアキの作った焼き肉料理を食べてるけど全然なんともないもの」

　ムッとしてリディアが言い返すと、目を瞠ったユージンが皮肉っぽく微笑んだ。

「ほう。一週間もねぇ」

　ハッとリディアが口を押さえてうつむく。

「ま、僕は胃腸が丈夫だから心配はいらないと思うよ。それより、僕が違法と言ったのは料理人禁止令のことさ。給金と引き換えに料理するべからず。もちろん知ってるよねぇ」

「彼女に給金など与えていない。そもそもアキは召使いではなくマレビト、我が家の客人だ」

憤然とハロルドが言い返した。

「キミは彼女に保護を与えてるじゃないか。金銭は与えなくても衣食住を保証している」

「アキはこの世界に身寄りがない」

「身寄りがない人間なら大勢いる。なのにキミはアキちゃんだけ特別扱いしている」

「だからそれは、その、珍しいマレビトだから……」

「じゃあなんで王宮に連れてこないのさ？　珍しいものを手に入れたらまずは国王に献上《けんじよう》するのが臣下《しんか》としての筋じゃないのか」

もの扱いされて亜希はムッとしたが、言い返せるような雰囲気ではない。

「どう見てもキミは金銭に匹敵するものを彼女に与えている」

「屁理屈《へりくつ》だ！」

声を荒らげたハロルドが勢いよく立ち上がってテーブルを叩く。ユージンは驚くどころかさらにニヤニヤ笑いを深めるばかりだ。

（この人……最初からそういうつもりで来たんじゃ……？）

言い合うふたりを横目で窺う亜希の背中に冷たい汗が浮かぶ。

ハロルドは厳重に箝口令を敷いたと言っていたが、どこからか洩れていたのかもしれない。

あるいはその前に、公爵家とは別の人間からマレビト出現の報告が王宮に届いていたとか。

亜希が現れたこと自体は秘密にされていたわけではない。公爵家の召使いが里帰りの際に家族に喋ることもあっただろう。

事実、そうして亜希の存在を知って白崎老人は訪ねてきた。

「――ともかく、彼女は逮捕させてもらうよ」

「へっ……!?」

いきなり不穏な言葉が聞こえてきて亜希はギョッとした。王子がぱちりと指を鳴らすと、黙って後ろに控えていた従者がサッと扉を開き、武装した兵士がなだれ込んできた。

いずれも甲冑に身を固め、すでに長剣を鞘から抜き放っている。

自宅で食事中のハロルドはむろん丸腰だ。

「座りたまえ、コンシダイン公爵。従兄弟であるキミやリディアを傷つけたくはない」

ぐっと拳を震わせ、ハロルドはどすんと腰を下ろした。にっこりしたユージン王子がいとも優雅に立ち上がる。

「さて、アキちゃん。キミには一緒に来てもらうよ」

「えっ……、えっ……!?」

屈強な兵士に左右から腕を取って引き起こされる。

「おい、乱暴はやめろ!」

「そうそう、ご婦人は丁寧に扱うように」

「はっ」

王子にも言われて兵士が頭を下げる。

「待って、ユージン! 悪いのはアキじゃないわ。料理を作ってとねだったのはわたしなの!」

懇願するリディアにユージンは苦笑した。

「別に命を取ろうってわけじゃないから安心して。話を聞きたいだけだから」

「話ならここで聞けばいいだろう」

「そうはいかないよ。王宮に連れて行く。数十年ぶりのマレビトだからね。僕の両親も、とても興味を持っている」

両親……つまり国王夫妻ということだ。青くなっておろおろしていると、ハロルドは仕方なさそうに溜息をついた。

「本当に、話を聞くだけだな? 彼女を傷つけないと誓うか」

「誓うとも。擦《す》り傷ひとつ付けないよ。上等な部屋を与え、客人として遇する」

王子は右手を天に向け、左手を心臓のあたりにあててまじめくさった顔で答えた。この世界での誓いのポーズらしい。

「……わかった」

「お兄様っ」

「アキ。ユージンは見た目は軽薄でも約束だけは守る男だ」

「ひどいなぁ」

ぶつぶつ言うユージンを無視して亜希に歩み寄ると、ハロルドは真剣な顔で亜希の手を握った。

「必ず助けに行く」

「だーかーらー。話を聞くだけだってのに！　ちょっとハル、僕の話聞いてる⁉」

全然聞いてない。

彼は人目も憚らず、大まじめに亜希の両手を握りしめている。水色の瞳は澄んでいてとっても綺麗なのに、真剣すぎてちょっと怖い。

色気は皆無だし、安心するどころかこれから死地に赴《おもむ》くような気分になってしまう。

ともかくカクカクと頷いて、亜希は眉間をぐりぐり揉んでいる王子とともに臨時食堂を出たのであった。

馬車に揺られること一時間。

亜希はアシュリア王国の首都ロドルフォに連れてこられた。

すでに日は落ちているのでよくわからないが、馬車の通り道には蝋燭を入れたランタンが規則的に配置されており、街路に面した家の窓からも灯が射してそれなりに明るい。

公爵領の城下町もけっこう賑わっていると思ったが、さすがに王都は立ち並ぶ家屋の数からして段違いだ。地所が限られるせいか高層の建物も多い。

メインストリートと思われる大通りを進んでいくと、城壁と楼閣つきの城門が見えてきた。

ここから先が王宮だとユージン王子が教えてくれる。

城門の上や左右には篝火が焚かれ、武装した衛兵が警備についている。

門は開いていて、馬車は速度をゆるめることなく走り抜けた。街の防壁を抜けたときにすでに合図が送られていたのだろう。

王城は小高い丘の上にあり、かなり急角度のくねくね道になっている。勾配は小さい代わりに何往復もしなければならない。

やがて幅が十メートルくらいありそうな大階段が見えてきた。城はさらにその遥か上にある。

「あそこが城の正面玄関ね。でも今日は裏から入るよ。あ、気にしないで。僕ら王族もふだんは裏口から出入りしてるんで」

ニコニコと王子はのたまった。正面から入ると、この階段を延々と昇らなければならないので面倒なのだそうだ。

逆に、街に住んで王城に通勤している臣下や謁見希望者などはせっせとこの階段を昇らなければならないわけで、馬車で裏口に乗りつけられるのは相当な特権なのである。

「足腰は鍛えられそうだけど……。お年寄りには大変ですね」

「昼間は輿《こし》や背負子《しょいこ》があるよ。有料だけどね。街の住民が商売してる」

山岳地帯の観光地みたいだ。

ここからは急に傾斜がきつくなる。馬車はさらに城を半周して、反対側で停まった。四頭の馬車馬の鼻息もかなり荒い。お疲れさまと心の中でねぎらい、亜希は王子に従って城の裏口を潜った。

裏口とはいえ王族が日常的に出入りしているだけあって、ここだけ見たら正面玄関と見間違えそうなくらい立派なものだ。

広々とした廊下には厚みのある深紅の絨毯《じゅうたん》が敷かれ、蜜蝋の蝋燭がふんだんに灯されている。奥へ進むとふたりの衛兵に守られたアーチ型の扉の前に出た。

中は広々とした居間か応接室のような部屋で、楕円形の大きなテーブルの向こうに一組の男女が座っていた。

ふたりとも頭に宝石の嵌め込まれた黄金の冠を載せている。国王夫妻だ。どっと緊張感が押し寄せ、亜希の顔がこわばる。

思わず足を止めてしまった亜希にはかまわず、王子はスタスタと歩み出るといとも優雅に一礼した。

「父上、母上。コンシダイン公爵が保護していたマレビトを連れてまいりました」

「うむ」

重々しく国王が頷く。

ユージンは振り向いて亜希を手招いた。

「アキちゃん、こっちおいで。そう怖がらないで。何も取って食おうってんじゃないんだから」

挨拶だけはうやうやしかったものの、相変わらず軽い口調だ。

国王も王妃も気にする様子がないところを見ると、ふだんからこの調子なのだろう。

(怖がるなと言われても！)

元の世界だって、王族だの皇族だのといったやんごとなき方々とは無縁の生活だったのだ。

亜希はぎくしゃくと進み出て精一杯の礼を取った。

（リディアが教えてくれたとき、もっとしっかり練習しておくんだった……！）

まさかこんなことになるとは夢にも思わず、スーツを分解した謝罪にかわいいドレス（というかロングワンピース）をシーラが仕立ててくれたときにコスプレのりでリディアのまねをしてみただけだ。

最初は晩餐のときには着替えていたのだが、自分で料理をするようになると着替えの時間がなくなった。

さらに『実験』が始まってからは普段着のワンピースのままで、エプロンを外すだけで済ませていた。

今夜も着替える暇などなかったので、踝丈の濃紺のワンピース。これもシーラが作ってくれたものだ。

肩口はふんわりしているが肘から先は調理の邪魔にならないように細めに作られている。このまま元の世界に戻ってもそんなに違和感はないデザインだ。

（失礼な格好ではない……と思うんだけど……）

ちらっと視線を上げると国王の厳しい顔が目に入って背筋が寒くなる。王妃のほうは好奇心をかきたてられたようで、少し身を乗り出し気味に亜希を眺めていた。

「名は」

権力者らしい尊大な口調で問われる。

「鳴沢亜希です」

緊張しきって答えると、王子が補足してくれた。

「アキのほうが名前です。彼女の生国では名字が先に来るそうで」

「ほう。マレビトらしいな。——そのほう、コンシダイン公爵家で料理人をしているというのは誠《まこと》か。違法であるぞ」

「いえっ、料理人というわけでは！　お世話になっているお礼に料理をしてみただけです。その……わたしの世界には、こちらにはない料理法などもございまして……っ」

「父上。アキちゃんの作った料理は本当に美味しいんですよ。僕もご相伴に預かってきました」

ローストビーフ——焼いた肉を食べたことを申告するつもりかとひやひやしていると、いきなり国王がテーブルを拳でドンと叩いた。

「美食は罪である！」

あっけに取られた亜希同様、目を丸くする王子に指を突きつけて国王は難詰《なんきつ》した。

「かつて美食にふけった愚《おろ》かな王のせいで、この世の食べ物が呪われたことを忘れたか!?」

「忘れちゃいませんが……、たまに美味しいものを食べるくらいならバチは当たらないと思うんですよね」

へらっと答える王子に、亜希のほうが心配になってしまう。

案の定、国王はこめかみに青筋をたてて怒鳴った。

「何を言うかっ。我々王族は、先祖の罪を償《つぐな》う義務があるのだ！　美食を遠ざけ、粗食《そしょく》に耐えねば災厄が降りかかる。肉だけでなく、ありとあらゆる食べ物が呪われて毒になり、我々も民も飢え死にしてしまうっ」

ずいぶん極端なことを言う。

肉に含まれる毒はだんだん薄くなってきているというのがこの世界での一般的な認識だと思っていたのだが。

「……まぁまぁ、陛下。そんなに昂奮されると血圧が上がりますわよ。心臓にもよくありませんわ」

それまで黙っていた王妃が、おっとりとした口調でなだめた。

国王はムッとしつつも口を閉じる。王妃は亜希に向き直ると親しみのこもった笑みを浮かべた。

「あなた、アキさんと言ったわね」

「は、はい……」

「料理が得意なのかしら」

「え……と、ひととおりのことはできます」

「どんな料理を息子にふるまってくれたのかしら？」

「ロ、ローストビーフ……、牛肉のオーブン焼き……です……」

わざわざ断らない限り、肉は茹でたものを用いるのがこの世界での常識だ。王妃も当然茹で肉を使ったものと思ったようで、美味しそうねとにっこりした。

「美味しかったですよ、母上。ソースがまた絶品でして」

「まぁ。わたしも食べたかったわ」

「そう思って、残りを召し上げてきました」

けろっとした顔で言う王子に亜希は驚いた。

（いつのまに……!?）

残ったローストビーフで公爵家の人々にサンドイッチとパイを作る予定だったのに。みんなのがっかりした顔が思い浮かんでせつなくなる。

「だったらさっそくお夜食にいただきましょうよ、あなた」

「肉は消化に悪い。悪夢を見るぞ」

「ちょっとつまむくらい平気ですわよ」

「得体の知れぬマレビトの作ったものなど、余《よ》は口にしたくない」

「頑固ですわねぇ……。でしたら『ろぉすとびぃふ』とやらを含めてアキさんはぜんぶわたくしがいただいちゃいますわよ」

ぽかんとする亜希に王妃は悪戯《いたずら》っぽく笑った。

「別の世界から来た方に会うのは初めてですもの。すごく興味がありますわ。マレビトは粗末に扱ってはならないはずでしたわねぇ？　ですからアキさんはわたくしが預からせていただきます」

そういう意味かとホッとする。国王は憮然とした顔で鼻息を洩らした。

「そなたは珍しもの好きだからな。好きにせい」

そう言うと国王はひとりで部屋を出ていってしまった。

王妃は亜希とユージン王子を自分の住まいへ誘った。城の内部は用途に応じて区画わけされており、王族の居住区は城内の一等地を占めている。

王妃の館には専用のキッチンや配膳室があった。

すでに運び込まれていたローストビーフの残りを薄切りにして小皿に取り分け、ソースをかけて王妃の前に運ぶと、給仕は自分がするからと言って王子は召使いたちを全員下がらせた。

王妃は興味津々の顔つきでローストビーフを眺めた。

「これ、本当に牛肉なの？　真ん中がほんのり赤い牛肉なんて見たことないわ」

それはそうだろう。食卓に上がる肉は通常茹でに茹でて芯まで火を通しているから完全に色が変わっている。

「実は母上。これは焼く前に茹でていないのです」

「ええっ⁉」

声をひそめて王子が告げると、王妃は飛び上がらんばかりに驚いた。

「生肉をそのまま焼いたってこと⁉」

「そういや作り方はまだ聞いてなかったな。アキちゃん説明してくれる？」

「は、はい……。あの……。塊肉の表面を軽く焼いて焼き色をつけてから、オーブンに入れて焼くんです」

「それから？」

「それだけ……です……」

もともとローストビーフはきわめてシンプルな料理だ。上等の肉を使って火加減を間違えなければ肉自体が持つうまみで美味しく仕上がる。

ぽかんとした王妃は、小皿に載ったローストビーフの薄切りと息子の顔、亜希の顔を順繰りに眺め、ふと思い出した様子で心配そうにユージンに尋ねた。

「そういえばおまえ、公爵家で相伴に預かったと言っていたわね。これを食べたってこと？」

「もりもりいただきましたよ。大丈夫、なんともありません。公爵家の人たちも喜んで食べてましたしね」

「そう……。ではわたくしも思い切っていただきましょう」

銀のカトラリーをぐっと握り、王妃は肉にナイフを入れた。

「……あら、すごくやわらかいのね」

感心したように呟いた王妃は、おそるおそる肉を口に入れてゆっくりと咀嚼した。

「んっ……？　美味しいじゃないの！」

用心などすっかり忘れ、嬉々として王妃は二枚目に取りかかる。

「ワインをどうぞ。赤ワインにとてもよく合います」

「本当ね。ああ、これは美味しいわ。陛下にも召し上がっていただきたいわね」

「父上は思い込みが激しいですからねぇ。美味しいとなればますます遠ざけようとなさるのでは」

「それもそうね。……ところで、もう少しいただきたいのだけど」

「明日にしたほうが。もう遅いですし、美容のためにも」

真剣な顔で息子に言われ、しぶしぶ王妃は頷いた。

ちょっと心配になって亜希は頼んだ。

「……あの、保存はなるべく涼しいところで」

「ああ、わかった。氷室に入れておこう」

「とっても美味しかったわ。ありがとうアキさん。こんなに味わい深いものを食べたのは久しぶりよ」

「あ、ありがとうございます！」

王妃はにっこりすると卓上の鈴を振った。すぐに女官が現れる。

「部屋の支度は整ったかしら？」

「はい、王妃様」

「急なことで疲れたでしょう。今夜はゆっくり休んで、明日改めて話をすることにしましょうね。——こちらのお嬢さんはわたくしの大事なお客様です。粗相のないように」

「かしこまりました」

うやうやしく膝を折った女官が、丁重に亜希を促した。

「どうぞ、お嬢様。お部屋にご案内いたします」

「心配いらないから、ゆっくり休んでね」

ユージンが手を振る。おずおずとふたりに一礼して亜希は女官に従った。

案内されたのは王妃の居室の一階下で、寝室と居間、バスルームがついた広い続き部屋だった。

公爵家で使わせてもらっている部屋も亜希の常識からすると充分以上に広かったが、こちらはさらにすごい。さすが王宮だ。

お風呂もすごかった。なみなみとお湯が張られた浴槽は足をまっすぐ伸ばしても爪先がつかないくらい大きい。

そのぶん水深は浅いが寝そべって入るのもくつろげてよかった。

風呂から出るとふんわりしたガーゼの寝間着が用意されていた。亜希を案内してきた女官は、何かあったら呼び鈴のひもを引いてくださいと言いおき、うやうやしく礼をして下がった。

用意されていたハーブ水を飲み、房楊枝に塩をつけて歯を磨く。そのうち歯ブラシを工作してみようかしら……などと思いつつ早々にベッドに入った。

（また牢屋に入れられるかとひやひやしたけど、そうならなくてよかった）

それにしても王妃は度胸《どきょう》がある。

食べて大丈夫だったとユージンが言ったら、たいして怖がる様子もなくローストビーフを口にした。美味しいものを毛嫌いしているらしい国王とは対照的だ。

公爵家の人々が心配してるだろうな……と考えているうちにうとうとと眠くなって、亜希は眠りに落ちていた。


翌朝、昨日と同じ女官に朝食の時間だと起こされた。

「好きなだけ寝ていていいと王妃様は仰っていますが……」

「お、起きます！」

用意された服に着替え、女官の案内に従う。花の咲き乱れる庭園に続くテラスで、王妃とユージン王子がテーブルを囲んでいた。

「おはよう、アキちゃん。よく眠れたかな？」

「それ、わたくしの若い頃のドレスなんだけど、サイズは大体いいみたいね」

「うん、可愛い」

「あ、ありがとうございます」

慌ててそれぞれに頭を下げる。

女官によって有無を言わさず着せられたのはピンクと若草色のドレスだった。

普段着らしく装飾は少なめ。それでも結婚披露宴とかのお呼ばれに着ていったらちょっと張り切りすぎと思われるくらいの非日常感がある。

亜希としては相変わらずコスプレ気分だ。

テーブルにはこの世界の定番飲み物であるハーブ麦茶の他、チーズや果物、パンとバター、数種類のジャムが並んでいた。

朝食を食べながら、王妃の質問に答える。

王妃はとても好奇心旺盛な性分らしく、いろいろなことを尋ねては、亜希の答えに驚いたり感心したりした。

元の世界には戻れないらしい……と聞くと亜希の手を握り、『だったらわたくしの娘になればいいわ』などと真顔で言い出されて焦った。

「ああ、それはいいね！　家族になっちゃえばアキちゃんの美味しい手料理を食べても料理人禁止令違反にならないし」

「あ、あの。ハロルドさん……コンシダイン公爵に、その……無事？　を伝えたいんですけど……」

「ああ、だったら手紙でも書いとけば？　ちゃんと届けるよ」

「手紙なんて書かなくたって、呼べばいいじゃない。従兄弟なんだから」

「ハルは王宮嫌いだから、軍務がないと寄りつかないんだよなぁ」

「アキさんがいるんだもの、喜んで会いに来るわよ。ねぇ？」

ニコニコ言われて面食らう。

別に他意はないようだけど……。

「ねぇ、アキさん。有無を言わさず連れてこられたのは不本意でしょうけど……、しばらく王宮に滞在してもらえないかしら」

それを言ったらこの世界にトリップしてきたこと自体が不本意だ。

しかし、親切な人に拾われたおかげで不自由なく今まで過ごすことができた。王子に連行されたときはどうなるかと思ったが、優しい王妃が身柄を預かってくれた。

元の世界に戻れないのはつらいけれど、結局のところ自分はすごく恵まれているのだと思う。

「……いいんでしょうか」

「えっ何が？」

「わたし、ただ別の世界から来たというだけで、庶民だし、特別な才能とかあるわけじゃないし……」

「アキちゃんは料理が上手いじゃないか」

「わたしなんて素人《しろうと》に毛が生えた程度ですよ」

「元いた世界ではそうかもしれないけど、ここでは飛び抜けて上手なんだよ？」

そう言われても……ととまどう亜希に王子は真剣な顔つきで頷いた。

「この世界では料理は全然ダメだ。昔はものすごく発達していたらしいけど、完全に退化《たいか》してしまった。原因は……知ってるよね？」

「昔の王様が、妖精か何かが化身《けしん》したおばあさんに不親切なことをした報《むく》い……と聞きました」

「そう。『美食王の呪い』だ。美食に耽《ふけ》った報いのように伝わってるけど、肉が有毒になった本当の理由は不親切のほうだと僕は思うんだよね。美食王が老婆に変装した妖精に親切にして、食べたいだけたらふく食べさせてやれば、呪いをかけられることなんてなかったんじゃないかなぁ」

　それはそうかもしれない。

　王妃も黙って頷いている。

「だからね。この世界の食事がマズくなった原因は妖精の呪いと同じかそれ以上に、美食王自身の呪いが関係してると思うんだ。確かに毒を煮出さなければ肉を食べられなくなったけど、それだけなら工夫のしかたはいくらでもあったはず」

　王子は言葉を切り、盛大な溜息をついた。

「なのに美食王は自分が食べ物の味がわからなくなった腹いせに、臣下にも臣民にも美味しいものを食べることを禁じた。料理人を処刑し、料理本を焚書にし、禁止令を作って違反を厳しく取り締まった。その一方で、彼は『毒のない肉』を求めて他国に攻め入り、かえって『呪い』を広めてしまった。憎まれながらも彼の治世は七十年にも及んだ。もっと早く死んでくれれば、ここまで食文化が衰退することはなかったはずだと思うとかえすがえすも残念だよ。その時代に行くことができたら僕は美食王をこの手で暗殺するね」

　真面目な顔で怖いことを宣言する王子を、王妃が優しくたしなめる。

「ご先祖のことをそんなに悪く言うものではないわ。それに、美食王を暗殺したら陛下もあなたも存在しなくなってしまうのではなくて？」

「大丈夫です、母上。暗殺は跡取りが生まれた後にしますから」

そういう問題ではないと思う……と亜希が顔を引き攣らせていると、王子は苦々《にがにが》しげに呟いた。

「父上がもう少し食に興味を持ってくだされればなぁ」

「陛下を暗殺するのは許しませんよ」

「やだなぁ、母上。いくらなんでもそこまでしませんよ。はっはっは」

王子の笑い方が怪しすぎる。

王妃も疑わしげな面持ちで息子を睨んだ。

「……あの、殿下はどうしてそこまで食に興味をお持ちなんですか？」

おそるおそる尋ねると、ユージンはちょっと困った顔になった。

「いや……。実は数年前に山火事があってね」

「山火事？」

なんの関係が？

「軍も消火活動に駆り出されたんだ。その頃は僕も軍隊に所属してて」

王族は国政に対する知識を深めるため、あらゆる部署でひととおりのことを学ぶのだそうだ。

そのときユージンは山火事の消火活動に参加し、たまたま焼け死んだ豚を見つけた。森で放し飼いにされている、例のイノシシもどきの凶暴な豚だ。

「それが、こんがり焼き上がって、たまらなくいい匂いがしたんだなぁ」

「！　ま、まさか……？」

「うん。ナイフでちょっと切り取って食べてみた。ものすっっっごく、美味しかったよ……！」

今にも涎が垂れそうな顔でうっとりする王子を、亜希は唖然と眺めた。

（山火事の焼き豚で肉食に目覚めたと……!?）

「まぁっ、この子は！　拾い食いするような意地汚い子に育てた覚えはありませんよ！」

王妃が憤然とする。

「すみません、母上。しかし食い意地が張っているのは母上の血筋です」

真顔でけっこう失礼なことを息子に言われて王妃はムッとした。

「わたくしの故郷では、ふつうに焼き魚を食べていたのよ」

ぽかんとしている亜希に気付いて王妃が説明してくれた。

王妃の故郷はヤーノルドという国で、内陸国のアシュリアと違って海がある。王宮は港町にあり、王妃は子どもの頃から魚を食べていた。

「新鮮な魚は生でも食べられるのよ」

「うわぁ、食べたい……！」

亜希が歓声を上げると王妃はにっこりした。

「嬉しいわ。そう言ってくれたのはアキさんが初めてよ」

「わたしの故郷ではお刺身《さしみ》――新鮮な生魚をスライスして食べる習慣があります！　ごちそうなんですよ」

「そうよ、美味しいのよ」

王妃に横目で見られ、ユージンがしかめっ面で唸る。

「生魚はなぁ……。大体、アシュリア人は基本的に魚を食わないんですよ。魚は食うものではなく、釣って遊ぶものです」

「もったいない話よね～。嫁いで来て間もないころ、魚が食べたいといったら奇異《きい》な目で見られたのよ。食べるにしたって、ここでは新鮮な海の魚なんて手に入らないしね。塩漬けの棒鱈《ぼうだら》を戻して食べるのがせいぜい。それも煮込んで煮込んで煮込んだあげくに煮汁を捨てちゃうから全然美味しくないの！」

憤然とする王妃に亜希は深く頷いた。

王妃の気持ちはよくわかる。ここでは美味しいものをわざわざマズくして食べているとしか思えない。

「アキさん。ぜひわたくしにも公爵家で作った料理を食べさせてちょうだい。昨日の『ろおすとびぃふ』のような美味しいものを！」

ぎゅっと手を握って懇願された。

真剣な王妃の目つきには確かに息子と共通するものがある。

「わ、わかりました。喜んで料理させていただきます」

「『ろぉすとびぃふ』といえば、あれ食べたいわ。まだあるのでしょう？」

「あ、あの。よかったらちょっと手を加えたものを召し上がっていただくことも……」

「えっ、何何？　もっと美味しくできるの？」

「昨日作ったものですし……、また改めて作ることにして、残りはパイにしてはどうかと」

「美味しそうね！　ぜひそうしてちょうだい」

王妃の肝入りで、亜希は王妃専用の厨房を自由に使えることになった。

ローストビーフの残りで作ったサンドイッチとパイを出すと、王妃と王子はあっというまに平らげた。

外国生まれの王妃と山火事による焼き豚で肉食に目覚めた王子は、肉に対する警戒心がもともと薄かったのかもしれない。

王子は『焼き豚』に遭遇して以来、以前から自分の身体を張って『実験』し、肉に毒がないことを確かめていたという。

どうしてそれを公表しないのかと尋ねると、彼は謎めいた笑みを浮かべてウィンクした。

「ハルと同じさ。用心のためだよ」

「用心？」

「焼いた肉を食べて平気だったという人間が現れてしばらくすると、必ずその人物は腹を壊す。時間差で毒が効いてきたんだと聖職者はもっともらしく言うけど、絶対違うね。後から盛られたのさ。下剤をね」

「誰がそんな……!?」

「もちろん、粗食を美徳として奨励《しょうれい》している連中さ。教会に所属する人間——つまりは聖職者だ」

「どうしてそんなことを」

「それが問題なんだな～」

腕を組んで王子は溜息をついた。

「アキちゃんのおかげでそこらへんを解明できそうなんだよ」

「わたしの……?」

面食らう亜希に王子はにっこりした。

「そ。だから、しばらく王宮にいてね」

「はぁ……」

よくわからないが、命の危険はないらしいと納得して亜希は頷いた。

強引に連れて来られはしても丁重に扱われている。国王には睨まれているが、王妃にはすっかり気に入られて娘のように遇されている。当然、召使いたちの態度もうやうやしい。

せめてものお礼として公爵家で作った料理を出してみると、どれもすごく喜ばれた。特に、発酵時間を工夫してふんわり焼いたパンがお気に召したようだ。

「陛下にも召し上がっていただきたいけど、意地っ張りだから」

朝食の席で、王妃は頬に手を当ててせつなげな溜息をついた。外国生まれの王妃の好みや習慣については寛容だが、自身の食生活にはひどくストイックな人物らしい。

「美味しいからと勧めても逆効果ですしね」

同席していた王子も頷く。

彼はこのところ毎朝王妃の宮殿にやってきて朝食をともにしている。それまで食事は各自で取っていて、一緒に食事をするのは週に三度の公開晩餐だけだったという。

公開晩餐というのは王族と大臣クラスの高官たちによる会食で、ドレスコードを守れば誰でも見学できる。

ただし、豪華な晩餐の光景を見せて富と権力を誇示《こじ》するのではなく、逆に王侯貴族も粗食していることを示して美食を戒《いまし》めることを狙っているのだとか。

庶民の食事マナーを向上させるという目的もあるそうだ。

国王は先祖の美食王を毛嫌いし、徹底的に美食を避けているが、食事マナーには厳格らしい。料理がマズいのにテーブルマナーだけは厳しいとなれば、食事が楽しくなくなるのも当然だ。

亜希が王妃の朝食を作るようになると、それを目当てに王子がやってくるようになった。王妃は美味しい朝食以上にそのことをとても喜んでいる。王妃は国王ほどマナーにうるさくないので王子も気が楽なようだ。

アシュリア王国では食事は基本的に二回。朝食もしくは昼食は各自の好みと都合でどちらかを取り、夜八時ごろに取る晩餐が正餐となる。

コンシダイン公爵家ではリディアが朝食派、ハロルドが昼食派だった。亜希が料理をするようになってからはふたりとも朝昼晩と三食取るようになったが、量は調節しているので全体的に見れば食事量は変わらない。

王宮でも王妃が朝食派で国王と王子は昼食派。全体として女性は朝に食べ、男性は昼食をとる割合が多いようだ。

王子は母親と朝食を取るようになったぶん昼を少なめにしているとか。

亜希がまず作ってみた朝食は、スクランブルドエッグにベイクドビーンズ、焼きベーコンという、いわゆるイングリッシュブレックファスト風。

ただしこの世界には食パンがないので発酵時間を調節して好評を得たロールパンを出した。そのうちパンケーキにしてみようかとも思う。

この世界には専門の料理人がいない——禁止されている——ため、厨房係も当番制で別の仕事と兼任している。

そのせいか、料理人としてのプライドとかプロ意識というものが非常に希薄《きはく》だ。

亜希が厨房に入り込んだり、今までと違う料理をしても反発されたり嫌がられることもなく、むしろ素朴に感心された。

そういう点ではやりやすくて助かる。

朝食だけでなく、お茶の時間のお菓子も作った。

王妃は週に一度、高官の夫人たちを招いて茶話会を開いているのだが、そこで出されるのは砂糖だけはたっぷり入れた岩のように固い焼き菓子か、例のマズい丸パンにバターとジャムくらい。

ただ、王妃が故郷から取り寄せた珍しいお茶が振る舞われるので、皆それを楽しみにしている。王妃の遠縁の娘という触れ込みで茶話会に混ぜてもらい、そのお茶を飲んでみると、なんとそれは紅茶だった。

少なくとも紅茶にとても近い味がする。

茶葉も紅茶にそっくりだ。

聞けば希少な輸入品で、ヤーノルドの上流階級だけで買い占められてしまい、他国へは流通していないという。王妃の母后が自分の分を取り分けて送ってくれているそうだ。

せっかくなので次の茶話会では紅茶に合わせてスコーンを焼いてみた。

生クリームを数分シェイクしてクロテッドクリームもどきを作り、イチゴジャムと一緒に添えて出すと、最初はおそるおそる口にした貴婦人たちは目の色を変えてあっというまに平らげ、作り方をぜひ教えてほしいと頼み込まれた。

王妃の勧めで簡単なお料理教室を開けばたちまち大評判。貴婦人たちに趣味としての料理が流行のきざしを見せ始めた。

マレビトが美味しい料理を作るらしい……という噂が王都に広まり始めた頃、亜希は王妃に連れられて月に一度の公式晩餐会に参加した。

公式晩餐会は週に三回開かれる公開晩餐会とは違って非公開。王族から招待状が届いた人物のみが参加できる。

亜希は外見からして明らかにアシュリア人ではないので珍しがられたが、王妃が防波堤《ぼうはてい》になってくれたので助かった。

どんな料理が出されるのかと興味津々で見てみると、宮廷晩餐会だけあってすべて芸術品もかくやの美しさだった。

野菜や果物には美しいカービングが施され、丸茹でした鳥類の肉は生前の姿そのままに羽で飾られ、ポーズを取らされている。亜希の感覚ではちょっと不気味だが。

この世界では野菜や果物は文句なく美味しいので、花やさまざまな事物をかたどってカービングされたものは見た目も味も両方楽しめた。

だが、肉類は例によって煮こぼしただけでなんの味付けもしていない。ソースもなく、岩塩を砕いたものがあるだけだ。

　貴重な砂糖で作ったお城（絵の具が塗ってあるので食べられない）にマジパンのようなもので作った人形（これも食べられない）が並んでいたり、とにかくすごく凝っている。

　並んでいるカトラリーはピカピカに磨かれた銀製で、繊細な彫金が施されている。

　味付けに凝れない反動だろうか。見た目はとても美しい。なのに食べられない――あるいは美味しくないというのはなんとも残念すぎる。

「――アキ」

　低く名を呼ばれて顔を上げると、ユージン王子とハロルドが並んで立っていた。ふたりとも正装姿だ。

「ハロルドさん！」

　思わずドキドキしながらハロルドに駆け寄ると、固い表情がやわらいだ。

「元気そうでよかった。――ご無沙汰《ぶさた》しております、王妃様」

　慇懃に頭を下げるハロルドに王妃はくすくす笑った。

「本当にお久しぶりね。いつも招待状を送っても出てこないのに、アキさんに会いたかったんでしょう」

　悪戯っぽく言われて妙に焦ってしまい、亜希は急いでハロルドに尋ねた。

「あ、あのっ、リディアは……？」

「まだ子どもなので公式の場には出られないんだ。悔しがってたよ。アキの料理が食べられないと。――それらしきものはないようだが」

「わたしは作ってませんから」

「そうなのか」

意外そうにハロルドは眉を上げた。

「アキさんの料理はわたくしがいただいてるわ。ふふ、早く返してほしいって顔ね」

からかうような王妃の言葉にハロルドが口ごもる。

隣で王子がニヤニヤした。

「もうちょっと貸しといてね。もちろん、王宮のほうがよければいつまでだっていてくれていいんだよ」

「えっ!?」

どぎまぎする亜希に、一瞬王子を睨んだハロルドが心配そうに尋ねる。

「やはり王宮のほうが居心地いいか?」

「そ、そんなことは……」

捨てられた子犬みたいな目つきにますますどぎまぎしてしまう。

彼のような偉丈夫《いじょうふ》がそういう目つきをするのは反則だ。

「ユージン、からかうのはよしなさい」

王妃にたしなめられ、王子は大げさな礼をした。

「や、実は僕もちょっと期待してたんですけどね。ま、公式晩餐会の料理は味はどうでもよくて、見た目勝負だから」

「そうなんですか」

「あれ作ってるの、宮廷画家と彫刻家なんだ。肉を茹でたりするのは助手がやるけどね」

なんと。どうりで美しいわけだ。

（本当に、この世界にはプロの料理人がいないんだわ……）

「……立食スタイルなのも、食べるより『見せる』ためだからですか？」

「そうそう」

だから食べられるものがほとんどないのか……。

あの凝った装飾の肉料理なんか、どうやって食べたらいいのかわからないし――と見ると、鑑賞がひととおり済んだのか解体が始まって列ができていた。

味気ない茹で肉があたりまえの彼らにとっては、じゅうぶんにごちそうなのだ。

「……以前はこんなものだと何も考えずに食べていたが、アキの作る料理を食べ慣れてしまうと、ああいうのは味気なくてとても食う気になれないな」

ぼそっとハロルドが呟くと王子も頷いた。

「本当だよ。ああ、早いとこ父上の目を覚まさせないと僕ら飢え死にする。なんせ舌が肥《こ》えちゃったからね」

　肉食王子は顎を撫でてニヤリとした
　そこへ小柄で小太りの中年男が近づいてきた。

「王妃様、王太子殿下」

「おや。チネリ司祭」

　黒い立ち襟の司祭服は亜希の世界の聖職者の衣装とよく似ているが、こちらでは襟や袖口に施された刺繍《ししゅう》で位階や所属がわかるようになっている。そんなところは軍服みたいだ。

　亜希にはこちらの世界の宗教のことはよくわからないが、どうやら創造の神を頂点とする一神教で、自然の精霊や妖精も実在すると信じられているらしい。

　チネリ司祭は友好的とは言い難い視線でじろじろと亜希を見た。

　この世界では親切にされることが多く、こんなふうに露骨に警戒されるのは久しぶりで緊張する。

「……この方がマレビトで？」

　その言い方には不信感がありありと浮かんでいた。

「この世界にはこの世界のルールがある。いい気になって掻き回すのは謹んでいただきたいものですな。王妃様も、あまり肩入れなさらぬほうがよろしいかと」

　慇懃無礼に言い放つと、彼はさっさと行ってしまった。

貴族に囲まれて談笑している国王に近づくと、さりげなく背後に控えて会話に耳を澄ませている。

王子が肩をすくめて嘆息した。

「気にすることないからね、アキちゃん。チネリ司祭は国王付きの宮廷司祭で、アシュリア大司教の腰巾着《こしぎんちゃく》さ。『粗食は美徳、美食は悪徳』というのが彼らの信条で、父上はすっかり傾倒《けいとう》してる」

「粗食のわりにぽっちゃりさんよね」

おっとりと王妃が呟き、王子は黙ってニヤリとする。

晩餐会が終わると、ユージンは話があるといってハロルドを王妃の宮殿に招いた。王妃の指示で用意されていた軽い夜食を取る。亜希が王妃付きの女官に作り方を教えた鶏肉のトマトソース煮込みだ。

肉を別茹でしないことを女官たちは最初怖がっていたが、食べてみてなんともないとわかると料理に興味を示すようになった。

「母上。きちんと口止めしてますよね？」

「もちろんよ。側仕えには口の固い、信用できる者を選んでるの。それに、皆アキさんの料理がすごく気に入ってるから絶対に外部には洩らさないわ。食べられなくなったら悲しいもの」

「よかった。僕のほうでも警備は厳重にしてますが、用心は怠《おこた》りなく」

人払いをすると、王子はハロルドに頷いた。

「さて、改めて報告を聞こうか。不審者を捕らえたそうだね」

ハロルドは頷いた。

「ユージンに言われたとおり、アキが連れ去られた後も警戒を続けた」

「連れ去ったわけじゃないよ！　保護したんだ」

心外そうに王子が主張する。

「保護……？」

「そうさ。公爵家より母上の宮殿のほうが安全だから。なんたって王妃だし、宗派が違うからアシュリア教会の司祭も出入りしていない」

王妃は頷いた。

「結婚したときこちらの宗派に変えるよう司教たちから勧められたけど断ったの。陛下も別にかまわないと言ってくださったし。でも、そのせいでアシュリア教会ではわたくしの心証はよろしくないのよ」

「そうなんですね。でも、不審者って……？」

「厨房に忍び込んで不審なものを鍋に入れようとしていたところを引っ捕らえた」

「不審なものって……毒ですか!?」

「下剤だ。口を割らないのでそいつに無理やり飲ませたら、大変なことになった」

きまじめな顔のハロルドの隣で、王子が笑いを噛み殺す。

「そいつ、アシュリア教会の修道士だったんだよ」

「えぇっ⁉」

「警備担当の下っぱだから、ほとんど俗人同様だけどね。僧兵ってやつ？　これが、ごろつきがけっこう混じってるんだなぁ。修道院に保護してもらう代わりに、聖職者が表立ってやりづらい荒事を引き受けてる。借金の返済を迫るとか」

「聖職者なのに金融業やっていいんですか⁉」

「本当はいけないんだけどね～。大きな修道院はたいていこっそりやってる」

しかも闇金……！

盛ろうとした下剤を逆に盛られて半死半生になった男は、気力もくじけて知っていることを洗いざらい白状した。

誰かが肉を焼いて食べたがなんともない……というような話を聞き込むと、その人物の家に忍び込んで下剤を仕込む。

単純なやり方だが、そんなこととは思いも寄らない本人や周囲の人々は、やっぱり毒があったのだと思い込んでしまう。

裏工作の褒美として、彼らはこっそり焼き肉を振る舞われていた。

当然彼らは肉に毒がないことを知ったわけだが、黙っていれば好きなだけ美味しい肉を食べられるとあって誰にも明かさなかった。むしろ、よりいっそう秘密保持にはげんだ。

焼き肉の誘惑は強力だなぁ……と亜希はしみじみ感心し、呆れたのだった。

第四話

◆

食卓騎士団、名誉総長……ですかっ!?

「――それじゃ、その修道院の秘密を暴こうというわけですね」

亜希の問いに、王子は頷いた。

「ああ。でも普通に告発したのでは、一部の破戒僧《はかいそう》のしわざとされて終わりだ。それで肉に毒がないということが知れ渡ればまぁいいんだけど、どうもね。もっと大物が釣れそうな感じなんだよな」

「大物……？」

「実は、以前からあちこちの修道院に探りを入れててね――」

この世界では信仰の中心は修道院で、一般の人々が通う教会は修道院に属している。だが、修道院は単に宗教施設というだけでなく、大きな土地を所有する領主でもあるのだ。

各修道院が所有する土地を合計すると王家をも上回る規模になる。なぜそうなるかというと、跡取りがいない貴族が土地を寄進《きしん》するからだ。

そのままにしておくとタダで王家に召し上げられてしまう。

だが、修道院に寄進すれば、死ぬまで修道院が面倒を見てくれるし、死んだ後は手厚く葬《ほうむ》って墓所の維持管理もしてくれる。

何かにつけて祈りを捧げて供養《くよう》もしてくれる。死後も安心というわけだ。

「王家としては――少なくとも次の国王である僕としてはね、あまり宗教界に大きな顔をしてほしくないんだなぁ」

「……おおっぴらに肉が食べたいだけだろ」

ぼそっとハロルドが呟き、王子がむくれる。

「なんだよー。ハルだって肉の美味さに目覚めただろ。アキちゃんの手料理でさ」

期せずして同時に赤くなると、ひゅーひゅーと王子がはやし立てた。ハロルドは無言で王子の脇腹をどつき、げほげほ噎《む》せる我が子に王妃は溜息をついた。

「おまえはいつも一言多いと思いますよ、ユージン」

「は、母上。息子が殴られたらもうちょっと怒ってくださいよ!」

「山火事で焼け死んだ豚を拾い食いして肉に目覚めるようなおまえには、ちょうどいい薬です」

ぴしゃりと言われ、王子はやるせない溜息をついた。

「……俺としては、まずは肉が無毒だという事実を国王陛下に受け入れていただくのが先決ではないかと思う」

ハロルドが謹厳な面持ちで言い出し、王子もしかつめらしく頷いた。

「う～ん……。やっぱりそうかなぁ」

「陛下は信仰心が篤くていらっしゃるから、教会が真実を隠蔽《いんぺい》しているなどと申し上げても取り合ってもらえないと思うわよ。叱り飛ばされるのがオチだわ」

王妃の言葉にますます王子は眉をひそめる。ハロルドも同意した。

「教会嫌いのおまえが個人的に攻撃しているだけだと思われるかもしれないな」

「この子、昔から食い意地が張ってて、なんだかんだと食べもの関係で陛下に奏上《そうじょう》するものだから教会に睨まれてたのよ。礼拝もサボりがちだしね」

「母上に言われたくありませんね！」

「あら、わたくしは宗派が違いますもの」

ホホホと涼しい笑顔で一蹴《いっしゅう》し、王妃は亜希に目を向けた。

「論《ろん》より証拠。アキさんに作ってもらった料理を召し上がっていただくのが一番よ」

「食べてくれますかね」

「もちろん内緒で食べさせるに決まってるじゃない」

けろりとのたまう母親に、さすがにユージンも呆れる。

「騙《だま》すのはちょっと気が引けるなぁ」

「嘘も方便《ほうべん》って言うでしょ。ねぇ、アキさん。今度の陛下との昼餐《ちゅうさん》で何かお料理を作っていただける？」

「もちろん、わたしでよければ作らせていただきます！」

ハラハラしながら成り行きを見守っていた亜希は、驚きつつも大きく頷いた。

王妃との昼餐は、月に一度開かれる。

公開晩餐や公式晩餐会同様、儀礼的なものだ。

アシュリア王宮では、肉親とはいえ王族同士で顔を合わせる食事はすべて宮中行事の一環となっている。

これも美食王の呪いで『食を楽しむ』という習慣が廃れてしまった影響かもしれない。

国王の説得は王子たちに任せ、亜希は料理に集中することにした。

メニューを考え、何度か試作して味付けを調整する。

国王はいつも塩味のきついものを好んで食べているという。アシュリア王国は岩塩が豊富で、味付けは基本的に塩コショウのみだから、どうしても塩の使用量が増えがちなのだ。

ハロルドもかなり大量に塩を使っていたが、亜希が料理するようになって野菜で出汁をとったりソースを工夫することで塩まみれの肉を食べることはなくなった。

しょっぱいものを食べなれた人にいきなり薄味のものを出しても美味しいと感じてもらえない。肉の旨味を損なわない程度に濃いめの味付けにしよう。

半月後、王妃の宮殿で昼餐会が開かれた。行事とはいえ晩餐会に比べれば気取らないプライベートな会食で、出席者は国王夫妻ふたりきりが基本。たまに王子が参加する。

今回は準王族であるコンシダイン公爵家の兄妹、ハロルドとリディアも招かれた。リディアは久しぶりに亜希に会えた嬉しさのあまり飛びついてきて、亜希もほろりとしてしまった。

王宮に連れて行かれる前に、それまで作った料理はすべてレシピを書き出し、厨房メインの使用人に何度か作ってもらっていた。

亜希がいなくなっても、せっかく改善された食生活がふたたび悪化した……ようなことはなかったそうだが、『やっぱり、たまにはアキの手料理が食べたいのよ』と真剣に言われれば嬉しい。

今回は国王に疑惑を持たれないよう用心して亜希は裏方に徹することにした。

今や定番となっているチキンスープは前日から仕込みに入った。まずは鶏ガラでベースとなるチキンブロスを作る。

チキンブロスは肉と野菜を水から煮出して漉したもので、いろいろな料理のベースに使える。そのまま飲んでも美味しい。

血合いや脂身をよく洗い落とした鶏ガラに、セロリに似た風味のある野菜、タマネギ、ニンジン、ローリエ、塩とコショウを加え、アクを取りながら弱火で煮出す。

このとき、混ぜずに静かに煮込むと透明なスープができる。ただし、アクと一緒に脂《あぶら》を取りすぎると風味が損なわれるので注意。

一時間煮出したらガーゼで漉《こ》して粗熱《あらねつ》を取って冷暗所で保存。王妃の宮殿には厨房の隣に半地下の氷室がある。

昼餐会当日、頃合いを見計らってまずはパイ作りに取りかかった。

本日作るのはコテージパイ。牛肉とジャガイモで作る、コロッケの中身をオーブン焼きにしたような料理だ。

パイと言ってもパイ生地は使わない。

メインの料理を何にしようか悩んだのだが、今回はとにかく国王に『美味しい』と思ってもらう必要がある。

公爵家で試行錯誤したなかから特に喜ばれたものを書き出し、王妃から国王の好みを聞き出してあれこれ検討した。

国王はジャガイモがお好きだそうだ。ほくほくに茹でたジャガイモをバターにからめて食べるのを特に好まれるとか。

意外と庶民的だなぁと感心しつつ、亜希もジャガバタは好きなのでちょっと親近感を覚える。

アシュリア王国ではジャガイモは小麦と同様よく食べられており、主食といっていい位置づけだ。

もうちょっと大きいほうが使い勝手がいいのだが、そこは仕方がない。

ジャガイモ料理でまず思い出したのがコロッケだった。公爵家でもすごく喜ばれ、今ではハロルドの大好物となっている。

揚げたてサクサクはもちろん、ソースをたっぷり塗ってキャベツと一緒に挟んだサンドイッチも大好きだ。

ぼそぼその丸パンが驚くほど美味しく食べられるという。マズいパンでも日持ちがするため、軍隊食としてはやはり欠かせないのだそうだ。

こちらの世界でコロッケが嫌いだという人にはまだ出会っていない。だったらコロッケが無難かな……とも考えていてふとコテージパイを思い出した。

せっかくチキンブロスを作るのだから、それを利用できるのもいい。コロッケだとジャガイモメインになってしまうが、コテージパイなら挽き肉をたっぷり使うから『肉の旨味を味わってもらう』という目的にも沿っている。

というわけでメインディッシュはコテージパイに決定した。

まずはマッシュポテトを作る。

ジャガイモの皮を剥いて鍋に入れ、ひたひたの水加減で中火にかける。すっと串が通るくらいに茹だったらざるにとって水気を取り、ボゥルに入れて荒くつぶす。

塩コショウをしてミルクとバターを加え、バターを溶かしながらなめらかになるまでつぶす。仕上げにコショウを追加して味を整える。

次にタマネギとニンジンをみじん切りにする。フライパンにオリーブオイルをひき、牛ひき肉を色が変わるまで炒める。

「──生のまま炒めて本当に大丈夫なの？　茹でなくて平気？」

「大丈夫ですわ、王妃様。アキのやり方で作った料理をもう何度も食べてますけど、お腹を壊したことは一度もありません」

見学していた王妃が心配そうに尋ねると、リディアが調理を手伝いながら自信満々に答えた。

リディアは朝早くから着替えのドレス持参でやってきたのだった。簡素なワンピースにエプロンをつけ、野菜を刻んだり、肉を切ったりする手つきもずいぶん慣れている。

亜希の作ったお菓子食べたさに、自作してみようと厨房に出入りするようになったそうだ。

ハロルドも一緒に来て、今は王子と打ち合わせをしている。

「リディアが平気なら大丈夫そうね」

ホッとした表情で王妃が頷き、亜希は調理を続けた。

「ここにタマネギを加えて──透明感が出るまで炒めます」

ローリエ一枚と塩コショウ少量を加えて混ぜ、みじん切りのニンジンを入れて一分ほど炒めたら、あらかじめ作っておいたチキンブロスを加える。

ダマにならないよう小麦粉を振るいにかけながら入れ、煮詰めたトマトを加えて水分がなくなるまで中火で煮込む。

「──もういいかな？」

「これをどうするの？」

「オーブンで焼くんです。タルト皿に入れて」

王妃の問いに答えつつ、亜希は炒めた挽き肉をタルト皿に敷きつめた。

「……ここに、さっき作ったマッシュポテトを重ねます」

完全に覆ったらフォークの背を滑らせて筋を付け、温めておいたオーブンに入れる。

「さて、焼き上がるのを待つあいだにスープを作りましょう」

チキンブロスをベースに、鶏肉と根菜類を加える。

こちらにもジャガイモを使う。この世界のジャガイモはとても小さいので、皮を剥いたらそのまま使うことにした。

タマネギはくし切り、ニンジンは角切り、セロリもどきは薄切りに。こちらのセロリもどきはたいへん香りが強いので少なめにする。

次に中火に調節したかまどに鉄鍋をかけ、刻んだ野菜をオリーブオイルで炒める。

タマネギがしんなりしたらいったん火から下ろし、フライパンを温める。

皮つきの鶏もも肉を一口大に切り、塩少々をふってオリーブオイルをひいたフライパンで焼き色をつける。

野菜を炒めた鍋に、あらかじめ作っておいたチキンブロスと鶏肉を入れ、ニンジンがやわらかくなるまで中弱火で煮込む。

　ジャガイモを入れたら押し麦を加え、塩コショウで味を整えてさらに煮込む。ジャガイモに串が通るようになればできあがり。

　見学していたリディアは味見させてもらってご満悦だ。

「どう？」

「んー！　コクがあって美味しい」

　王妃も一口飲んでみて笑顔になった。

「あら、これは美味しいわね。うちの召使いにもぜひ作り方を伝授してちょうだいな」

「はい、喜んで。——ところでそろそろお支度なさったほうがいいのでは？」

「あっ、そうね。わたし着替えないと」

「わたくしの部屋へいらっしゃい」

　王妃とリディアが出て行くと、亜希は付け合わせの野菜の準備にかかった。

　少し歯ごたえを残して、インゲンとニンジンを茹でる。

「——ん。いい感じ」

「アキさん。そろそろ時間ですが……」

　オーブンを見張っていた召使いが告げる。

「あ、はい」

うまくいったかしら……とドキドキしながら取り出してみると、表面を覆うマッシュポテトに美味しそうな焼き色がついていた。

端っこはこんがりときつね色になって、香ばしい香りが漂う。厨房の召使いたちが集まってきて歓声を上げた。

「わぁっ、美味しそう～！」

「わたしたちも食べてみたいわ」

「また作りますよ。もし残りが出れば味見してみましょう」

と言ってはみたものの、たぶんほとんど残らないと思う。人数が五人（うち子ども一名）なので一応おとな六人前の分量で作ったのだが、国王はともかくハロルドと王子はもりもり食べそうな気がする。

やがて侍従のひとりが走ってきて国王陛下のおなりですと告げた。

給仕はいつもどおり侍従と女官たちにやってもらう。

このまま厨房でそわそわしているのもいやなので、亜希は召使いに教えてもらった隣室の覗き窓に張りついた。もともとは食事の進み具合を確かめるためのものだ。

テーブルにはお皿やカトラリーが整然と並べられ、美しい花々で飾られている。

息を殺して見ていると、王妃と腕を組んだ国王を先頭に会食者たちが入ってきた。澄ましたリディアをエスコートしてユージン王子が続き、最後はハロルドがちょっと憮然とした顔でひとりで入ってくる。

リディアがさっき言っていたのだが、彼は亜希も同席すると思っていて、エスコートするつもりだったそうだ。

不参加と聞いてがっかりしてたわ、とリディアは冷やかすような顔でくすくす笑った。

楕円形のテーブルの両端に国王と王妃、国王の右手にユージン王子、その隣にリディア。ハロルドは国王の左手、ユージン王子とリディアの中間の場所に座る。

昼餐会ということで、みな晩餐会ほど格式張った格好はしていない。

女性はコットン地のデイドレス。男性はフロックコートに似た後ろ下がりのジャケットで、晩餐会では軍服だったハロルドも同じような格好だ。

やがて侍従たちが亜希の作った料理を持って入ってきた。覗き見ている亜希の緊張が一気に高まる。

「――なんだね、これは。見たことのない料理だな」

「アキさんに教えてもらった異世界の料理を、わたくしの召使いに作らせましたのよ」

優雅に微笑みながら王妃はしゃあしゃあと大嘘をついた。

「ほう」

国王の顔に警戒が浮かぶ。王子が笑顔で取りなした。

「父上、マレビトは幸運を招くと言われているではありませんか。マレビト料理を食べれば健康長寿《ちょうじゅ》が期待できるかもしれませんよ」

さも本当らしく口からでまかせを言うあたり、王子と王妃は親子だなぁとしみじみ思う。

「ふむ……。そんなものか」

国王が頷くと、王妃の目配せで給仕が動き始めた。

温かな茹で野菜を置き、別の給仕が綺麗に六等分したコテージパイをそっと載せる。さらに別の給仕が二人一組でチキンスープを注いで回った。

執事が赤ワインをグラスに注ぎ、国王がグラスを掲げて会食が始まる。

「健康に」

「健康に」

国王の声に会食者全員が声を揃える。リディアだけはワインではなくぶどうジュースだ。

「――これは……つぶしたジャガイモか」

渋い顔をしていた国王の表情が、好物とわかって少し明るくなった。

「ちょっと焦げたところが美味しいですよ」

嬉しそうにユージンが言う。

彼は父王に遠慮することなく真っ先に手を着けていた。

プライベートな食事だからかまわないのだろうか……。いや、父の警戒を解くためにあえてそうしたのかもしれない。

国王は呆れ顔で息子を見ている。

「おまえという奴は、何故それほどに食い意地が張っているのか」

「母上の血筋です」

「失礼なっ」

王妃はムッとして息子を睨んだが、コテージパイを一口食べるとたちまち相好《そうごう》を崩した。

「ん！　バターの風味が効いてるわ。炒めた挽き肉も美味しいし、陛下の好きなお味だと思いますわよ」

「む。そうか？」

国王はまずマッシュポテトの部分だけ食べて、うんうんと頷き、次に挽き肉部分と一緒に口に運んだ。

覗き見ながら亜希はごくりと唾を飲んだ。

どうだろう。気に入ってもらえる……？

「んっ……⁉　むむ……、これは美味いな」

国王の気難しげな顔が大きくほころぶ。

亜希は覗き窓の向こうでほーっと息をついた。

「塩気はそれほどではないが……牛肉のようだな。何か特別な味付けなのか？　ふだん食べている肉よりずっと美味いぞ」

（茹でこぼしてませんからね。本来の旨味がちゃんと残ってるんですよ）

内心で亜希はこっそり呟いた。

「うむ、これは美味い」

「父上、スープも美味しいですよ。こっちは鶏肉です。ジャガイモも入ってますよ」

「ほほう、これは……コクがあるのにすっきりした飲み口だ」

「美味しいですわ。鶏肉がやわらかくて、ほろほろとほぐれていくみたい」

「うむ。煮込みはよく食べるが……。これは何やら味に深みがあるような……」

国王はふと眉をひそめ、目を閉じて考え込むような表情になる。

亜希は焦った。何か気に障《さわ》ったのかしら……!?

「どうかなさいましたか、陛下?」

「いや……。昔、こういう味わい深いスープを飲んだことがあるような気がしてな……」

「えっ、どこでですか?」

ユージン王子が尋ねると、ハロルドも興味を引かれた様子で王を見た。リディアはもっぱら食べるのに夢中である。

しばらく考え込んでいた王がハッとする。

「教えてくださいよ、父上」

王子が急かすと、国王はきまり悪げに微笑んだ。

「子どもの頃の話だ」

「まぁ！　わたくしもぜひ聞きたいですわ。陛下の子ども時代の話なんて、今まで伺ったことありませんもの」

王妃も熱心にねだる。

「そうだな。ここにいるのは身内ばかりだし、まぁいいか」

赤の他人が覗き見しているとは知らずに国王は言った。

遠慮すべきかと思うが、国王の話は聞きたい。旨味の抜けきった味気ない料理ばかりの世界にも、ちゃんと美味しい料理がどこかに存在しているのかもしれないし。

すみませんと心の中で詫びつつ亜希は耳を澄ませた。

「――私がまだリディアよりも幼かった頃のことだ」

自分の名を呼ばれて我に返ったリディアが食事の手を止めて赤くなる。国王は優しく少女に微笑みかけた。

「遠慮せず食べなさい。ただの昔話だ」

「は、はい……」

ぎくしゃくとリディアは付け合わせの茹でいんげんをぱくりと口にする。気難しい人物かと思いきや、国王は姪が可愛いようで、にっこりした。

「大人たちの狩りに、こっそり付いていって迷ってしまった。まだ許される年齢ではなかったのだが、実際の狩りを見てみたくてな……」

騎馬のおとなたちに子どもが徒歩で付いていけるはずもなく、たちまちはぐれてしまった。

諦めて引き返そうとしたが、狩場の森はなじみがなく、気がついたときには完全に迷っていた。

焦るほどに方向がわからなくなった。やみくもに歩き回ってもますます迷うだけだが、不安でじっとしていられなかったのだ。

こっそり付いてきたから、彼がここにいることをおとなたちは知らない。

ということは、捜してもらうことも期待できないわけだ。

「……そう思ったら怖くてたまらなくてな。少しでも明るいほうを目指して歩いた。そうしているうちに、森から出られるどころかどんどん奥へ入り込んでしまったのだ」

気がつけば森は夕闇に沈みはじめていた。

疲労と絶望感でうずくまっていた幼い国王は、森の暗がりからちらちらと瞬く光が近づいてくるのに気付いた。

不在に気付いて捜しに来てくれたのだと喜び勇《いさ》んで駆け寄ると、それはまるで見知らぬひとりの女性だった。

絶句する少年をしげしげと眺め、女は肩をすくめた。

フード付きの黒いマントをまとった細身の女性で、年齢はよくわからなかった。見る角度によって若くも年寄りにも見えた。

顔だちは美しかったが、それ以上に不思議な威厳が漂っていた。

思い切って、城に連れていってほしいと頼むと、今日はもう遅いから明日連れていこうと言われた。

女は国王を自分の住まいに連れ帰り、食べ物を与えた。

「それが、これに似た感じのスープだったのだ」

呟いた国王は、確かめるようにチキンスープを一口飲んで頷いた。

「ああ、そうだ。この不思議な滋味《じみ》……。それまで城で食べたどの料理よりも美味しかった。そう告げると、それまでそっけなかった女が初めて微笑を浮かべた」

国王は美味しいスープをお腹いっぱい食べ、干し草とハーブの香りのする寝床でぐっすりと眠った。

朝になると女は国王にやわらかなゆで卵と森で摘んだ新鮮なベリーを食べさせ、小屋を出た。

手をつないで森のなかを歩いた。

小腹が空いてくる頃、木立の向こうに王国旗のひるがえる城の尖塔が見えてきた。

やがて踏み固められた馬車道に出た。女はこのまま道なりに行けば城に出ると言って、国王の背中をそっと押した。

「礼を言って少し進み、振り向くと女は微笑んで手を振った。もう少し行くと、ふと両親に頼んで女に褒美を与えてもらおうと思いついた。だが、振り向いたときにはもう女は消えていた」

城では世継ぎの姿が見えないと大騒ぎになっていた。

城に戻った国王は、昨日からの出来事を正直に告げた。

「女が出してくれた料理は今まで食べたもののなかで一番美味かったというと、そんなはずがないと宮廷司祭は言い張った。森に隠れ済む妖術使いが、何か奇怪なものを食べさせて幻覚を見せたに違いないと。父は激怒し、森の捜索を命じた。私は宮廷司祭が調合した解毒薬を飲まされた。とたんにものすごい吐き気と胃腸の痛みに襲われ……。まぁ、大変なことになった。食事の席で言うべきことではないな」

国王は気まずそうに咳払いをした。

「……その女性はどうなったのですか？」

ユージン王子が尋ねる。

「行方不明だ。ずいぶん後になって知ったのだが、父が差し向けた捜索隊はそれらしき小屋を見つけると、調べもせずに火を放ったそうだ」

「ひどい……」

リディアが青ざめて呟いた。

「さいわいにも焼け跡から死体は出なかった。女は小屋にいなかったのだ。捜索隊はそれからも森を探し回ったが、女はどこにもいなかった。身の危険を察知《さっち》して逃げたのだろう。……無事に逃げ延びていればよいのだが。礼をしたかったのに、かえって命の危険に晒してしまった。今でも思い出すたび申し訳ない気持ちでいっぱいになる」

「父上が美食を嫌うのは、もしかしてそのせいですか？『美味しい』と口に出したばっかりに、恩を仇で返すはめになって――」

王子の言葉に国王はムッとした。

「美食は罪だ。美食に耽ればふたたび災厄が降りかかる。美食王の過《あやま》ちを繰り返してはならない。わけても我々王族は、先祖の罪を償うためにも、美食を避けねばならぬのだ」

「美食に耽るのと、食事を美味しくいただくことは違いますよ。父上だって、今回の料理を美味いと仰ってよくお食べになったではありませんか」

国王は完食間近の自分の皿を、たじろいだように眺めた。

「こ、これはつい……、魔が差したのだ！　このような馳走《ちそう》を余は口にすべきではなかった」

国王は焦って席を立った。

「父上、デザートがまだですが」

「いらん！　これ以上罪を重ねるわけにはいかない。王妃よ、次の昼餐会にはいつもどおりの茹で肉と野菜のみ用意するように」

憤然と言って国王は出ていった。王子が椅子の背に持たれて吐息を洩らす。

「やれやれ。父上の頭の固さは筋金入りだな」

「……陛下が幼い頃にそんなつらい経験をされたなんて。全然知らなかったわ」

王妃もせつなそうに溜息をつく。

黙って話を聞いていたハロルドが重い口調で呟いた。

「かえって逆効果になってしまったのではないか……？」

「いや、これでいいのさ。ともかく父上にはアキちゃんの料理を食べてもらえたし、本音では美味しいと感じていたんだ。第一段階としては上々だよ――、っておい、ハル！　何当然そうな顔で最後の一切れ取ってんだよ⁉」

「誰も食わないようだから」

「狙ってたのにっ」

コテージパイの残りを悠々と自分の皿に載せたハロルドは、ふと思いなおしたようにカトラリーを置いた。

「食べないのか？　だったら僕が――」

「いかん。これはアキの分だ。アキは俺たちに美味しい料理を作ってくれるが、自分で食べるのは忘れがちだから」

「……っ」

覗き窓の向こうで亜希はうっすら頬を染めた。

「ふーん。だったら食べさせてやれば？」

すねたように皮肉った王子は、なるほどとハロルドが頷くのを見てげんなりした顔になった。

「……お兄様、絶対わかってないから」

こそっとリディアが耳打ちする。

亜希は急いで覗き窓を離れ、デザートを出す支度に取りかかった。


それから一週間後。

ユージンは父王の執務室を訪れた。もう怒ってはいないものの、国王は憮然とした顔で息子を見やった。

「何か用か」

「近頃体調はいかがですか」

「……やぶからぼうになんだ？」

けげんそうに見返した国王は、王子が奇妙な笑みを浮かべていることに気付き、控えていた侍従に下がるよう命じた。

「いったいなんなのだ？」

「いやぁ、申し上げたとおりですよ。父上の体調はいかがかと気になりまして」

「別になんともないが」

「胃腸の調子は？」

「ふつうだ」

「胃が痛かったり、腹が下ったりしていませんか」

「そのようなことはない」

「本当ですか？　国王だからって見栄を張らなくていいんですよ」

「しつこいぞ！　さっきからなんなのだおまえは⁉」

国王が声を荒らげると、ユージンはにっこりした。

「それはよかった。いや～、安心しましたよ。やっぱり肉に毒なんてなかったんだ」

「――肉？」

「はい。先日の昼餐会で父上が召し上がった料理は、すべて生から焼いた肉を使用しております」

「生？」

「茹でずに焼いたということです。いわゆる『毒抜き』をしなかったわけですね」

ぽかんとした国王は、気を取り直すなり眉を吊り上げた。

「ユージン！　おまえっ……、実の父に毒を盛ったと申すか!?」

「言ってませんし盛ってません。僕たちはひとつのパイを分け合って食べ、ひとつの器《うつわ》から取り分けられたスープを飲んだじゃありませんか。大体、父上がなんともないのだから毒など盛っていないのは明らかだ。そうではありませんか？」

国王は言葉に詰まり、口をぱくぱくさせた。

「に……、肉を茹でずに焼いただと……!?　そんなことをしたら……毒に当たって……」

「当たりました？」

わざとらしく小首を傾げる息子を唖然と眺め、国王は自分の身体を見下ろした。

胃の辺りや腹部をさすって呆然とする。

「……何故余は平気なのだ？」

「もちろん、肉に毒などないからです」

きっぱりとユージンは断言した。

「念のため言っておきますと、母上もコンシダイン公爵兄妹も、まったく全然なんともありません。ま、当然ですけどね。肉に毒なんてないんだから」

にこにこしつつユージンは断固強調して繰り返した。

「…………」

国王はまじまじと王子を見つめた。

「毒が、ない？」

「はい」

「……いや！　いやいやそんなはずはない！　あるはずだ！　大勢の人間が毒に当たって死んだと記録にある！」

「何百年も前の話でしょう。それこそ美食王の時代の。その頃は、確かに肉に毒が含まれていたのだと思います。ただ、あくまで一時的なことだった」

「一時的……」

「おそらく、美食王が治めていた時代は、徹底的に煮出さないと死ぬくらいの毒性があったのでしょう。しかし、美食王が没してからは少しずつ毒性は下がっていったのだと思います。今現在、毒は完全に消えている。僕たちが実際に食べて証明したとおりです。たぶん、かなり前からそうだったと思います。父上が子どもの頃にはすでに肉は無毒になっていたはずです」

「いや……しかし……あのあと私はひどい目にあったのだぞ!?」

「それは司祭の『解毒剤』のせいですよ」

「あれが毒だったのか？」

「いや、単なる下剤でしょう。ただし、ものすごく強力なやつ」

国王はいよいよ呆然となった。

魂が抜けてしまったかのような父を気の毒そうに眺め、ユージンは戸口に向かって声を上げた。

「ハル、入っていいぞ」

ガチャと扉が開いて、きっちりと軍服を着込んだハロルドがいつもの謹厳な顔で入ってくる。その手には、軍服にはまったくそぐわない籠を提げていた。

「陛下」

彼は執務机の前で律儀に一礼した。

国王は相変わらず茫然自失で返事もしない。かまわずにユージンはハロルドから奪い取った籠を、執務机にどんと置いた。

「せっかくなんで食べながら話しません？　アキちゃんにサンドイッチを作ってもらったんです」

「……サンドイッチ？」

ようやく気を取り直した国王の前に、ユージンは籠から取り出した包みを次々に並べた。

「本当は『しょくぱん』とかいう四角くて薄いパンに挟んで作るものらしいんですけどね。それはまだ研究中だそうで。でもこの『ろーるぱん』も美味しいんですよ。僕らが食べてた丸パンとは段違いです」

「これもあのマレビトが作ったのか？」

「そうです。中身はね、ローストビーフと卵サラダとコロッケ。各種三人分ずつ作ってもらいました」

気をのまれたようにまじまじと国王がサンドイッチを眺めていると、ハロルドがすっと手を出した。

「失礼ながら、陛下に安心して召し上がっていただくため、お先にいただきます」

ばくりと食いついたのはコロッケサンド。

「……む。やはりこのソースがたまらん」

「僕はローストビーフがいいな。やわらかくてしっとりしてて、肉！　って感じがして美味しいんだよねぇ」

「…………これはゆで卵か？」

「はい。ゆで卵を刻んでマヨネーズで和《あ》えたものです」

「まよねーず？」

「アキちゃんの世界でポピュラーな調味料なんだって。何からできてるんだっけ？」

「白ワインビネガーと卵黄とオリーブオイル」

「……マズくはなさそうな取り合わせだが」

用心深く国王はたまごサンドを口にした。もぐもぐと咀嚼する父を、ユージンが期待のまなざしで見つめる。

「……ん？　んんっ、むっ……！」

「どうですか？」

「これは………う……美味い……」

少し照れたような顔で、国王はぼそりと呟いた。

「でしょう！」

「コショウも入ってるな。うん……。食べたことのない味だが……、美味い。なんというか……まったり……ねっとり……いや、さっぱりか……？」

首をひねる父王に、ユージンは残り二種も勧めた。

「僕の好きなローストビーフとハロルドの好きなコロッケもどうぞ」

「うむ……。これはまさしく……肉、だな」

ローストビーフサンドを口にして国王が唸る。

「焼いた肉がこんなにやわらかいとは……」

「生肉を塊のままオーブンで焼くんですよ。中心が赤くて生っぽいですが、ちゃんと火は通ってますから」

「焼きすぎてはだめなのだそうです。この赤味を残すのがキモだそうで」

　ハロルドの言葉に国王は感心した顔で頷いた。

「本当に毒はないのだな……」

「僕もハロルドもたらふく食べましたが全然平気ですよ」

「そうか……」

　国王は脱力気味に微笑み、最後にコロッケサンドを手に取った。

「うん……？　これはジャガイモだな」

「生から炒めた挽き肉とみじん切りのタマネギを混ぜ、固くなったパンを削った衣をつけて油で揚げるんです。揚げたてはサクサクした歯ごたえで、すごく美味しいんですよ。パンに挟んで衣がしっとりしたのもまた食感が異なっていいのです」

　ハロルドがまじめな顔で力説する。

「この酸味のあるソースも……うまい」

「ウスターソースといって、これもアキの世界の調味料です。果実と野菜、糖蜜《とうみつ》と赤ワインビネガーなどを混ぜて作るんだそうです」

「……マレビトの世界は、食文化が発達しているのだな」

「僕たちの世界だって、昔は高度な食文化があったんですよ。それが破壊され、失われてしまった。美食王の過《あやま》ちによって」

　国王は食べかけのコロッケサンドをじっと見つめた。

「過ぎた美食のせいか……」

「違います。呪いをかけられたのは彼が美食に耽ったからではなく、ありあまるほどの食べ物がありながら、物惜しみをして分け与えることをしなかったからです。そのことに気付けば、案外早く呪いは解けたのではないかと思うんですよね。でも美食王は美食できなくなったことに腹を立て、臣民が食事を楽しむことを禁じた。毒のない肉を求めて戦争を起こし、領土と同時に呪いをも広げた。我々子孫は彼の犯した『過ち』を誤解したまま、いわば『美食王の呪い』という呪いに縛られて、マズい食べものに耐えてきたわけです。それは彼らにとって都合のよいことだった」

「彼ら?」

「教会の奴らですよ。親切な女性から美味しいものを振る舞われた父上に、解毒剤と称して下剤を盛った奴らです」

「……!」

「民《たみ》の中には肉が無毒であることに気付く者が出始めていたと思うんですよね。僕みたいに」

「おまえは何故気付いたのだ?」

山火事のエピソードを得々と語って聞かせると、国王はあきれ返って息子を見た。

「茹でずに焼いた肉の美味さは桁違《けたちが》いなんですよ！　あれを一度食べたら、味気ない茹で肉なんぞ肉の風上《かざかみ》にもおけない、とんでもない詐欺《さぎ》野郎です！」

目をギラギラさせて主張するユージンを、ハロルドは引き気味に眺めた。

彼とて亜希の手料理で焼き肉の美味しさを実感したが、あんなに昂奮してまくしたてるほどではない。

（……作りたてのアキの手作りコロッケが食べたい）

ローストビーフもいいが、コロッケもいい。いや、むしろコロッケがいい。

ローストビーフは肉をただ焼くだけだが、コロッケは亜希が自分の手でほくほくのジャガイモを潰し、きれいな楕円形に整えて、パン粉をつけ、しょわしょわといい音をたてる油でていねいに揚げるのだ。

ハロルドは無意識に口の端をぬぐった。

（いかん。コロッケを作るアキの姿を思い浮かべただけで涎が出てきた……）

一刻も早くこの一件を片づけて彼女を連れ帰らねば……！

「――というわけで、教会は肉が無毒だということを知りながら、それを隠しているのです。それだけじゃない、高位の司祭が祈祷をすれば肉から毒が抜けると称し、一部の貴族や金持ちとひそかに肉三昧《ざんまい》の宴を開いていることをつきとめました！　――そうだな、ハロルド」

「んっ⁉」

揚げたてサクサクの手作りコロッケを妄想していたハロルドは、熱弁をふるうユージンに呼ばれて我に返った。

「い、いかにも」

ゆるんだ顔を急いで引き締めて彼は頷いた。

ひとつ咳払いをしていつものしかつめらしい表情を作る。

「我が家に侵入した不審者から得た情報で、とある修道院に探りを入れました」

その修道院の名を聞いて国王は顔色を変えた。それは国内有数の中核的修道院だったのだ。

宗教界の単位となる修道院は大小様々な規模がある。小修道院を束ねる中修道院、中修道院を束ねる大修道院という構成で、すべての修道院のトップが、すなわちアシュリア王国宗教界の代表となる。

修道院が寄進によって広大な土地を持ち、領主化して政治に口を挟むようになったことを、ユージン王子はかねてから苦々しく感じていた。

さらに食に関しても怪しい動きがあることを掴み、澄ました顔した聖職者の正体を暴いてやろうと機会を窺っていたのだ。

もっとも、反発の最大の要因は自由に肉が食えないことへの怨みだろうが……。

ハロルドと王子が各々別の方向から調査を進めた結果、修道院を中心にした一種の秘密結社が広がり始めていることが判明した。

「秘密結社だと？　……まさか叛乱をもくろんでいるのか？」

国王が肘掛けを掴んで身を乗り出す。

「今のところ、そのような雰囲気ではないようですが――」

「放置したらどうなるか、わかるもんか」

ぴしゃりと言い放ち、ユージンは不愉快そうに口端をゆがめた。

「では、今はなんの目的で集まっているのかね」

「焼き肉パーティーです。実にうらやまけしからん！」

鼻息荒く王子は拳を握る。

「……だいぶ私怨《しえん》が混じっとるようだが……」

「いいえっ、これは大きくなりすぎた修道院を叩く絶好の機会です！」

「しかし」

「肉が無毒だと知りながら伏せていたのは国と王家に対する裏切りです。いや、世界に対する裏切りだ」

「知らなかったのかも……」

弱々しくも未だ修道院を庇おうとする父王を、ユージンはムッと見返した。

「ですから今申し上げたとおり、修道院の主導で肉食結社《けっしゃ》が結成されているのです！　マレビトの料理を召し上がっていただいて父上にもおわかりいただけたはず。肉に毒などないと！」

「う、うむ……」

息子の迫力に押され、国王はのけぞり気味に頷いた。

「それに、彼奴《きやつ》らは父上の恩人に対してむごい仕打ちをするよう仕向けたのですよ」

「……確かにそうだ」

国王の顔に苦悶が浮かぶ。

「彼女が見つけてくれなければ、私はさらに森の奥へと迷い込み、獣に食われていたかもしれぬ。肉が無毒と知りつつ彼女を妖術使いと決めつけ、解毒剤と称して私に下剤を飲ませたのだとしたら……許すわけにはいかぬ」

「国王を謀《たばか》ったのですから、反逆罪に当たるのは明らかです」

厳《おごそ》かに王子が断言すると、国王は意を決した顔つきで頷いた。

「我が父にも無用な罪を犯させた……。——いいだろう。ユージン、おまえに調査の全権を与える。ただし、私怨による攻撃は許さぬ。必ず決定的な証拠を押さえたうえで動くのだ」

「かしこまりました」

ユージンは胸に手を当てて深々と一礼した。

それに倣《なら》いながら、ハロルドは王子が口の端に凶悪な笑みを浮かべるのを見てしまったことに冷や汗をかいていた。


それからしばらく経った、ある夜のこと——。

王都からさほど離れていない丘陵地《きゅうりょうち》の森の奥に、何台もの馬車が集まっていた。

どれも紋章のない黒塗りの馬車で、そこから降りてくる人物も全身を黒いマントですっぽりと包んでいる。顔の上半分も黒い仮面で覆われ、人相はわからない。

先頭にはフード付きの修道服をまとった人物がいて、たいまつを掲げて黒衣の集団を導いている。

黙々と小道を歩いてくと、高い塔を持つ崩れかけた古城が月明かりの下に見えてきた。

今はもう使われていない、昔の城砦だ。

「……本当にここなんですか？　この廃墟《はいきょ》には幽霊が出るという噂が……」

傍らの人物におずおずと尋ねた男は今回が初参加らしい。

「その噂のおかげで誰も来ないから好都合なのだよ。それに、ここは美食王が使っていた砦《とりで》のひとつだ」

「なんと！」

「我々が宴を開くにはぴったりの場所ではないか？」

含み笑う男に、初参加者は感心して頷いた。

「確かに……。呪いに縛られ続ける王家を哀れみつつ、真実を知る我々のみで美食を楽しむというのは実に爽快な気分ですな！」

「王家に頭を押さえつけられていても、我々のほうが美味いものを食っていると思えば耐えられる」

ククク……と声を殺して忍び笑いながらふたりは頷きあった。

黒衣の一行は廃墟のなかを進み、瓦礫や木立で巧みに偽装された入り口から中へ入った。

一人分の幅しかない狭く急な階段を降りると鉄板を打ちつけた小さな扉がある。背を屈めて扉を潜り、狭い通路を進むと広大な広間に出た。

そこにはすでに同じような黒衣の集団が並んでいた。壁際には武装した修道僧が控え、奥へ続く扉を守っている。

「おや……。私たちの他にも参加者がいるのですね」

「この城へ続く道は二通りあってな。一方が我々が来た王都寄りの道、もう一方は反対側の峡谷《きょうこく》から入るルートだ」

「なるほど」

しばらくそこで待っていると、両開きの扉が重々しく開かれ、なかから黒い法衣をまとった人物が現れた。

広袖に入る文様から、中規模修道院の院長と知れる。

「お待たせしました。支度が整いましたので、どうぞお入りください」

扉の向こうはさらに巨大で天井の高い大広間で、クロスをかけたテーブルがずらりと並んでいた。

テーブルの上には様々な料理の載った大皿がいくつも置かれ、さらに奥から次々に運び込まれてくる。

広間には炙られた肉の香ばしい匂いが充満していた。

鼻をぴくぴくさせ、先ほどの男が驚愕の面持ちで呟く。

「こ……これが全部、肉料理……なのですか……⁉」

「今夜出ているのは牛、豚、鶏、羊……あたりですかね。宮廷でよく出てくる孔雀《くじゃく》なんかはありませんよ。あれは姿が美しいだけで美味くありませんから」

「本当に、茹でずにそのまま焼いてるんですか？」

「もちろんですよ。茹でこぼしてから焼いたのでは肉本来の旨味が味わえませんからねぇ」

「しかし……大丈夫なんでしょうか。腹を壊したりは……」

「心配ありません。使われている肉はすべて高位の司祭による特別なご祈祷《きとう》で完全に毒が取り除かれていますから。この特別な肉を食べられるのは、我々結社の成員のみ」

秘密めかして男が囁くと、奥の壇上に黒衣の修道士たちが上がってきた。ゆったりしたフードを深く被り、他の参加者同様、黒い仮面で顔の上半分を覆っている。

「今宵お集まりのみなさん。ここに並んでいる料理は、すべて祈祷によって毒抜きを済ませた上で、焚書を免《まぬが》れた古文書から再現したレシピで味付けしたものです。ともにこの美味をわかちあいましょう」

おおーっと歓声が上がり、乾杯用のゴブレットがあちこちで打ち鳴らされる。

見たこともない料理にすぐさま全員が夢中になった。

特に人気なのは子豚の丸焼きや詰め物をした若鶏の丸焼きなど、肉そのものの美味さを味わえる料理だ。

「うちで食べているのと全然違う！」

「肉がこんなに美味いとは……っ」

感涙にむせびながら次々口に入れていく。

だが、そんな至福の時も長続きはしなかった。何やら慌ただしい物音や叫び声が響いたかと思うと、入り口の扉が勢いよく開き、武装した兵士がなだれ込んできたのだ。

「全員、その場を動くな！」

勇ましく――というより嬉々として叫んだのはユージン王子だ。

踏み込んだとたん、彼は数々の肉料理に目を輝かせたかと思うと、それに食らいついている貴族や修道士たちに眉を吊り上げた。

「肉を食ってる奴はただちに斬首《ざんしゅ》！」

「待て。殺してしまってはコトの全容が掴めなくなる」

ユージンほどには肉に執着のないハロルドが肩を掴んで制止する。

しぶしぶと王子は頷いた。

「む……。仕方がない。全員後ろ手に縛り上げろ」

王子の指示で、参加者全員がお縄になった。彼らが引き立てられていくのを見張っているると、厨房から十数名の男が兵士に伴《ともな》われてやってきた。

「殿下。料理をしていた者どもはどういたしますか」

「参加者とは別の牢にまとめて入れておけ。後で取り調べる。――いや、待て。料理はすべて作り終えたのか？」

「い、いいえ。まだ途中のものが……」

「それはいかん！　最後まで全部作れ。連行はその後だ」

王子の命令で料理人は厨房に戻され、予定されていた料理を全部作らされた。

さらに王子は、テーブルに出されていた手つかずの料理も城に運ぶよう命じた。

すでに切り分けられていた料理は、城の内部調査を命じられた隊の兵士たちの夜食となり、食べ残しは軍犬に与えられたため、ごみはほとんど出なかったという。

かくして肉食秘密結社はあっさり瓦解《がかい》したのである。


後日、取り調べによって結社に加わっていた修道院が明らかになった。

その数は予想以上で、しかも上位の修道院ほど多かった。

少しでも罰を軽くしてもらおうと口を割る修道士も多く、最後にはアシュリア王国の宗教者で最高位にある大司祭兼修道院総長自身もひそかに肉食会を開いていたことが判明した。


驚いたことに、彼らは肉が無毒化していることを百年近く前にすでに掴んでいた。

伏せていたのは、最初はふたたび災厄が降りかかることを恐れる気持ちからだったらしいが、たまたま寄進された土地の遺跡から焚書を免れた料理本が発掘され、失われた調理法が再現されると、肉の秘密は一部の修道院長とその取り巻きの特権として占有《せんゆう》されるようになった。

ちょうどその頃、修道院の世俗化が急速に進んでいた。

相続税逃れの土地寄進によって修道院は広大な土地を所有するようになり、元の土地所有者が俗人のまま修道院長に就任することが珍しくなくなった。

俗人院長たちは修道院の運営に関しては副院長に任せ、貴族同様の社交活動に勤しんだ。

そんな彼らを中心に秘密の肉食会は次第に広まり、いつしか秘密結社となった。肉の秘密を独占し、自分たちだけでひそかに美食を楽しむという優越感に、政治的な野心が加わるのは自然な流れだった。

俗人院長が世襲化すれば、それは貴族と変わらない。

彼らは国王と縁の薄い下級貴族を手始めに、徐々に加入者を増やしていった。最初はただの食道楽の集まりとして、美味しい肉料理を食べさせることで仲間にした。

ただし肉が無毒だということを知っているのは結社の最上位の幹部だけで、他の成員は『祈祷によって肉が無毒化できる』というでたらめを本気で信じており、その肉を食べるためにかなりの額の寄進をしていた。

捕らえられた貴族たちは、特別なことをしなくても肉に毒などないことを聞くと、憤慨して知っていることを全部暴露《ばくろ》した。

食べ物の怨《うら》みというのは、やはり恐ろしい。

国王の信頼篤《あつ》かった宮廷付きの司祭も、あの場にこそいなかったものの結社の一員であることがわかり、即刻クビにされて牢獄送りとなった。

長年騙されていたことを知った国王の怒りは凄まじく、結社との関わりが疑われる者は全員逮捕された。

そのような修道士がひとりでも在籍していれば、修道院は閉鎖されて土地建物は王家にすべて没収された。

　捜査責任者である王子の私怨と政治的思惑が合体したような処置だったが、非難する者はいなかった。

　騙されていたことに民衆も貴族も激怒していたのだ。一部では修道院の焼き討ち騒ぎまで起こった。

　本当に何も知らずに真摯な信仰生活を送っていた修道士たちは、身の潔白《けっぱく》を証立《あかし》てるのに必死になり、国王の至上権を認めて王家の支配下に入ることを誓ったのだった。


　調査が一段落ついたある日のこと、王宮から公爵家に戻っていた亜希は王子に呼ばれてハロルドとともに久しぶりに王宮に赴いた。

　王子の執務室には初めて出会う人物がいた。十七、八くらいかと思われる、ちょっと気弱そうな印象の青年だ。

「彼の名はチェスター。例の古城で料理人の助手をしていたんだが、面白い話を聞いてね。実は彼の師匠……料理の手ほどきをしてくれた人物が、どうもマレビトらしいんだよ」

「えっ!?」

　驚く亜希を、彼は不思議そうな顔で見ている。

「……あの、何か？」

「あっ、すみません。なんだか師匠に似てる気がして……」

「その師匠の名前――なんだったかな。もう一度言ってくれる？」

「あ、はい。ソーチ・ナルサワ、です」

「ナルサワ？　アキと同じ名字だな」

傍らでハロルドが声を上げるのも耳に入らず、がばっと亜希は身を乗り出した。

「ソーチって……、も、もしかして『ソウイチ』じゃありませんか!?」

「う～ん……。僕が知り合ったときには、周囲から『ソーチ』って呼ばれてましたから」

「いつ出会ったんですか？　何歳くらいの人？」

「えっと、最初に出会ったのは五年くらい前……かな？　年は……顔立ちがここらの人間とはずいぶん違ってるからよくわからないけど、三十代……？」

彼の家は国境の街道沿いで旅籠《はたご》をしており、そこで半年くらい調理場を任せていたという。そのとき、いろいろと料理を教えてもらった。

「そ、その人今もそこにいるんですか!?」

「いや、辞めちゃいました。あちこち転々としているみたいで……。どこにも長居はしないのだと言ってました」

呆然とする亜希の顔を、しげしげと眺めてチェスターは納得したように頷いた。

「――うん、やっぱり似てる。同じ国の人らしいっていうだけじゃなく」

「アキ、心当たりがあるのか？　もしかして身内か」

「………お父さん」

「え？」

「父……だと思います……！」

ハロルドと王子が驚いて顔を見合わせる。

「アキちゃんのお父さん⁉」

「確か……アキが十二、三のときに行方不明になったのだったな？」

「十四のときだから……今から十三年前……ですね」

「それじゃ、アキちゃんのお父さんもこっちの世界に来てたんだね」

「今から五年前に三十代に見えたというのが気になりますけど……。父は行方不明になったとき三十五歳だったから……もう五十代に入ってるはず」

「アキも実際より若く見えるからな。お父上も同様なのでは？」

ハロルドの言葉を聞いてユージンが意外そうに尋ねた。

「え、アキちゃんいくつなの？　十六くらいだよね？」

「二十七！」

「嘘だろ⁉　僕より年上なんて絶対ありえないのに、さらにハルより上⁉」

王子とチェスターが驚愕の表情で亜希を見る。

「わたしそんなに子どもっぽく見えます!?」

十六はいくらなんでもひどい！　と憤慨する亜希をハロルドがなだめる。

「ユージンの目は節穴《ふしあな》だ。気にするな」

「とーへんぼくのハルなんぞに言われたくないねっ」

王子は眉を吊り上げて叫んだ。

彼が亜希のことをちゃん付けで呼ぶのは、チャラいのではなく本当にまだ子どもだと思っていたからだと亜希は悟った……。

「父がどこへ行ったのか心当たりはありませんか？」

「あれから一度も会ってないので……。噂も聞きませんし」

チェスターの実家は『ソーチ』の料理が評判になって一時は流行《はや》ったものの、近くの河が嵐による崖崩れで流れが変わり、それに伴って街道筋も変更されて、結局廃業してしまったそうだ。

チェスターは実家を出て、あちこちの厨房を転々とした。

料理人禁止令があるため、どこでも他の仕事と兼業。雇い主に気に入られれば同僚に嫉妬されて密告され、刑罰を免れるために解雇されてしまう。

そんなとき、とある修道院の調理場で手伝いをしていたときに、料理の腕を見込まれてこの城へ連れてこられたのだそうだ。

「いや〜、料理は好きなんですけど、あの城からほとんど出られなくて」

「あそこにいた料理人、ほぼほぼ監禁状態だったんだよ」

「えっ、ひどい！」

「たまに街に降りるときは必ず監視付きで……」

ハァ、とチェスターは溜息をついた。

「料理人禁止令は廃止が決まったよ。手続きが済み次第交付されるから、そうしたら専業料理人として仕事ができる」

「本当ですか!?　――ああ、でも実は僕、それほどレパートリーないんですよね」

チェスターはきまり悪そうに笑った。

「だったらアキちゃんに習うといいよ」

「はぁ!?」

王子にさらっと言われて亜希は目を瞠った。チェスターは嬉しそうに頭を下げる。

「よろしくお願いします！」

「で、でも、父からいろいろと教わったんでしょう……？」

「ほんのさわりだけですよ。ソーチが来るまではろくな料理を出してなくて、最初は彼に任せきりだったんです。料理を習ったのは三カ月かそこらで……。あの古城では助手だったし、作っていたのは古代のレシピを再現したものばかりだったから」

「そうそう。あれ試食してみたんだけどさ。けっこう微妙だったよ。肉自体は美味しかったけど、味付けがどうもね」

どうやら王子の期待に沿うものではなかったらしい。

「僕はアキちゃんの作る料理のほうが好きだな。アキちゃんにはぜひアシュリア王国の食文化改善に協力してほしい」

「わたしにできることなら、喜んで協力させていただきますけど……」

「よし。それじゃ、さっそくアキちゃんを我が食卓騎士団の名誉総長に任命する」

「は⁉ 総長？」

「団長は僕。ハル、きみが副長だ」

「はぁあ⁉」

いきなり名指しされてハロルドは目を白黒させた。

「なんだその食卓騎士団というのは。聞いたことないぞ」

「新設だからね。この国の食文化を改善し、美味しく楽しい食生活の構築を目指す有志の集まりだ。ああ、もう父上には設立許可をいただいたから」

「食卓……騎士団……？」

「いい名称だろう？　プリンセス・アキと食卓の騎士団！　かっこいいよね！」

「なんかのパロディみたいだし、プリンセスじゃありませんので」

「いいじゃん、名誉称号ってことでさ。それとも肉食騎士団のほうがいいかな？」

真顔で尋ねられ、亜希はぷるぷると首を振った。

「それだと肉食推進委員会みたいで食事に偏《かたよ》りが出そうな気がします……」

「そうだよね〜。僕としては美味しい肉料理をもりもり食べたいのが本音なんだけど」

「野菜も食べないとだめだぞ」

まじめな顔でハロルドに諭されて、王子が子どもっぽく口をとがらせる。

「いくら肉が美味しいからって、肉ばかり食べるのは身体によくないですよ。バランスよく食べなきゃ」

「だからアキちゃんに指導してほしいんだよ。僕らだけじゃ、肉本来の美味しさを布教《ふきょう》するだけで終わりそうだし。母上からは肉と並行して魚の復権もやれと言われているしねぇ」

魚料理に興味のない王子は面倒くさそうに溜息をつく。

確かに、この王子に任せたら食文化改善ではなく単なる肉食男子会になってしまいそうだ。

「……わかりました。名誉総長をお引き受けします」

「やったー！　もちろんハルも入るよねっ」

「おまえを見張らねばならないからな」

しぶしぶとハロルドは頷いた。

「なんだよ、それ。――ま、いいや。紋章もデザインしてみたんだ。こういうのはどうだろう」

示された羊皮紙には、幼稚園児みたいな筆致《ひっち》で王冠の描かれた空のお皿の上でナイフとフォークが交差している。

口許をぴくぴくさせながら亜希は頷いた。

「い、いいんじゃないでしょうか……」

「――で、他の団員は？」

「これから公募するんだ。今のところは僕らだけ」

「あの～、騎士団というからにはやはり貴族でないとだめなんでしょうか」

おずおずとチェスターが尋ねる。

「いや、そんなことはない。食文化改善に興味があるものは年齢性別身分に関わらず入団を認める！　ただし、美味いものをたらふく食べたいというだけではだめだぞ」

「それおまえだろ」

ぼそっとハロルドが呟いたが、王子は笑顔でガン無視した。

「あっ、だったら俺！　俺もぜひ加えてください！」

はいはいっと挙手して懸命にアピールするチェスターに、王子はいかにも寛容そうな微笑を浮かべて頷いた。

「よろしい。チェルシーくん。今日からキミも食卓騎士団の一員だ」

「ありがとうございます！　それと僕はチェスターです」

「アキ総長からしっかり学びたまえ」

「はいっ。総長、よろしくお願いします！」

「いやあの総長は勘弁して……」

「あっ、プリンセスでした」

「それはもっと勘弁して！」

深々と一礼され、亜希は顔を引き攣らせながら必死に手を振り回した。


「──父がこの世界に来ているなんて、思いもしませんでした」

花の咲き乱れる美しい王宮の庭をハロルドと歩きながら、亜希は呟いた。

「気付いていなかっただけで、案外たくさんのマレビトがこの世界に来ていたのかもしれないな」

感慨深そうにハロルドが応じる。

「そうですね。言葉が通じれば、見慣れぬ風貌《ふうぼう》でも外国人だと思われるだけなのかも。元の世界にも、ハロルドさんたちみたいな顔立ちの人はたくさんいますから」

「そうなのか。では、こちらの世界にもアキのような顔立ちの人間の国があるのかもしれないな。海の向こうか、山の向こうの、ずっと遠くに」

「どうにかして父を探す方法はないでしょうか……」

「アシュリア国内にいれば、人相描《にんそうが》きを各地の警備隊に回して探させることはできるが……」

「写真はスマホに入ってるけど……、あ、だめだ。とっくにバッテリー切れ」

はぁっと亜希は溜息をついた。

「……向こうから来てもらえばいいのではないか？」

「どうやって？」

「料理だ。アキの父上は料理人だったのだろう？　亜希の料理が評判になれば、訪ねてきてくれるんじゃないか」

「評判って言っても……、お店出してるわけじゃないし」

「出せばいい」

あっさり言われて亜希は目を丸くした。

「ユージンが食卓騎士団で実際に何をするつもりなのか知らないが、この国では食文化が廃《すた》れて久しい。ごく限られた調理法で、毎日同じようなものを食べている。肉に毒があるという誤解もこれから解いていかなくてはならないだろう？　それには実際に食べてもらうのがいちばんてっとり早い」

「それはそうですね」

「アキの料理を試食できる店を作ろう」

「わたしの……お店……？」

亜希の脳裏に、かつて失った夢がよみがえる。夢と一緒に失った友人。お金。いや、そうじゃない。何よりも失ってつらかったのは人を信じる心――。

「……わたしにできるでしょうか」

「もちろんだ。俺も手伝う。俺はアキのこ――」

ふいに言葉が途切れ、ハロルドがうっすら赤面する。亜希もドキッとして頬が熱くなった。

「む、ゴホン！　つ、つまりだな。俺はアキのこ、こ、こ……コロッケが好きなのだ」

「…………」

ぽかんと亜希はハロルドを見上げた。ごつめなイケメンが頬を染め、口をへの字にして目を泳がせるさまを見ているうちに、あたたかな笑いが深い場所から込み上げてくる。

「……それじゃ、今夜はコロッケにしましょうか。しばらく作ってないですし」

「う、うむ」

ホッとした顔でハロルドは頷いた。

「ハロルドさんって、本当にコロッケが好きですよね。嬉しいですけど」

「アキのコロッケは美味い。世界で一番美味いぞ」

「わたしが作ったのしか食べてないじゃないですか」

「いや、アキのコロッケが一番に決まってる」

まじめくさった顔で力説するハロルドに亜希はくすくす笑った。

そんなふたりを植え込みの陰から窺っていた王子が、眉間を揉んで嘆息したことなどもちろんふたりは知らない。

「やれやれ、ハルの背中を蹴ってやりたいね。しっかり捕まえとかないと、僕が横取りしちゃうぞーっと」

悪巧《わるだく》みする悪戯っ子みたいな表情で、王子はニヤリとしたのだった。

エピローグ

それから一カ月後。

コンシダイン公爵家の城下町に、小さな食堂がオープンした。

肉が無毒であることはすでに国王の名において公表されていたが、安全だと言われても長年の思い込みは一朝一夕には消えない。

店を出してはどうかというハロルドの提案には王子も大賛成だった。

どうせなら王都に出しなよとねだられたが、やはり最初にこの世界にやってきた場所から始めたい。

ハロルドやリディア、公爵家で働く人たちも協力すると言ってくれた。

始まりの場所から、小さな一歩を踏み出そう。

城下町の一角にちょうどよい空き家があった。広場からほど近く、馬車が行き交う目抜き通りほどにはせわしくないが、よそから来た人も立ち寄る小さな店が軒を連ねている。

二股道の角にあって、もとは女性向けの仕立屋だったというこじゃれた店構えも気に入った。

もっと広いほうがよくないかとハロルドに言われたが、最初は亜希自ら作って出したいので、このくらいがちょうどいい。

営業はとりあえず週末の三日、昼食のみ提供する。

元の世界のランチメニューを参考に、肉の旨味を味わってもらえる料理を考えた。

公爵家や王宮で好評だった料理で、手頃な価格で食材が手に入りやすいもの。庶民が口にするのは鶏や豚が多いが、牛もかなり食べる。

日本だとやたら高いイメージがある牛肉だが、こちらでは比較的安価だ。しかも餌は牧草のみで安心安全。

初日のメニューは合い挽き肉のハンバーグランチにした。

当分は一種類だけにする。肉は公爵家の所有する牧場からの直送だ。それも売りのひとつとして公表する。

この土地の領主である公爵家が提供した肉なら、より安心感を持ってもらえるはず。

入り口には食卓騎士団の公認マークも表示した。

この店が最初の公認店だ。もっとも設立されたばかりで、騎士団の存在はまだまだ知られていないが、王冠が入ったマークには信用があるそうだ。

開店は十一時半。

外を覗いてきたシーラが、人が集まってるわよと昂奮気味に厨房の亜希に伝えた。公爵家の使用人から希望者を募って、厨房とホールの人数を揃えた。

といっても小規模な店だから、料理は亜希とチェスターが作り、後はふたり交代で洗い物をしてもらう。

ホールはシーラの他に男女二名だ。店の制服はシーラがデザインして作ってくれた。亜希がこの世界に来たときに着ていたシャツとジャケットを参考にしたという。

「そろそろ時間ね。開けてきてくれる？」

亜希の指示でシーラが店の扉を開く。早速三人組が入ってきた。

厨房に香ばしい匂いが漂い、じゅうじゅうと焼ける音が軽快に響く。

「――お待たせしました」

最初のお客には感謝を込めて自分で出したいと、亜希は料理を載せたトレイをテーブルに運んだ。席についていた三人の客が笑顔を向ける。

「ハロルドさん！　リディア、それに――」

ユージン王子が、しーっと唇に指を当てて微笑む。

亜希はハロルドの前に料理の皿を置いた。他のふたりにはシーラたちが料理を並べる。

「わぁっ、美味しそう！」

リディアが目をキラキラさせる。亜希はにっこりと微笑んだ。

「どうぞ召し上がれ」

アシュリア王国数百年ぶりのレストラン『公爵さまのキッチン』は、こうして無事オープンした。

コスミック文庫α

毒《どく》抜《ぬ》き→激《げき》マズじゃないと食《た》べられない異世界《いせかい》でお料理担当《りょうりたんとう》ですかっ!?

【著者】 鷹守諫也《たかもりいさや》
【発行人】 杉原葉子
【発行】 株式会社コスミック出版
〒154-0002 東京都世田谷区下馬 6-15-4
【お問い合わせ】 一営業部一 TEL 03(5432)7084 FAX 03(5432)7088
一編集部一 TEL 03(5432)7086 FAX 03(5432)7090
【ホームページ】 http://www.cosmicpub.com/
【振替口座】 00110-8-611382
【印刷/製本】 中央精版印刷株式会社

ISBN978-4-7747-6145-9 C0193